SCHLICHT:
Liebe

SCHLICHT:
Liebe

ROMEO UND JULIA
ONCE AGAIN

STEFANIE NICKEL

Bibliografische Information der Deutschen Nationalbibliothek:
Die Deutsche Nationalbibliothek verzeichnet diese Publikation in der Deutschen Nationalbibliografie; detaillierte bibliografische Daten sind im Internet über http://dnb.dnb.de abrufbar.

Umschlagfoto/-bild: Dr. Stefanie Nickel
Lektorat/Korrektorat: Gabriele Eyme
2. vollständig überarbeitete Auflage

Herstellung und Verlag: BoD – Books on Demand, Norderstedt

ISBN: 978-3-755 772 545

INHALTSVERZEICHNIS

NEUER FREMDER

"Geist: In Lebensfluten, in Tatensturm // Wall ich auf und ab,
Webe hin und her! // Geburt und Grab, // Ein ewiges Meer,
Ein wechselnd Weben, // Ein glühend Leben,
So schaff' ich am sausenden Webstuhl der Zeit, //
Und wirkte der Gottheit lebendiges Kleid.
Faust: Der du die weite Welt umschweifst, //
Geschäftiger Geist, wie nah fühl' ich mich dir! //
Geist: Du gleichst dem Geist, den du begreifst, // Nicht mir!"
(Johann Wolfgang von Goethe, Faust I)

Stoßweise atmend, zuckte ihr Körper. Ihre blicklosen Augen, schauten in die Leere. Das Gesicht so bleich, wie ein Leichentuch. Weißer Schaum trat aus ihrem Mund.

»So tu doch was, Rav«

Die hysterische Mädchenstimme verlor sich im Nebel.

Mit einem letzten kraftvollen Schlag drückte sich ihr Herz gegen die Brust.

Wum.

1   Schon wurde sie von der Dunkelheit verschluckt.
2 Jetzt kam der Tod.

3   Also doch.

***

4   Freitag. Fünf Tage vorher.

5   Ein gleichmäßiges Rauschen drang zu ihrem Ohr.
6 Es regnete – und das sehr stark. Und schon seit Tagen.
7 Grau' in graue Wolkenfetzen wollten den Blick ins
8 Mai-Blau einfach nicht freigeben. Dicke Tropfen
9 seilten sich wie gelangweilte Regenwürmer von den
10 hohen Fensterscheiben.

11 *Warum regnet es ausgerechnet jetzt so viel*, überlegte
12 Li. Dabei wollte sie doch. Aber das ging jetzt nicht.
13 Stattdessen träumte sie sich in ein fernes Land.

14 *In meiner Fantasie, da existiert ein perfekter Ort. Aus*
15 *Farben, so vielfältig wie der schönste Regenbogen. Ein*
16 *schillernder Ort aus Diamanten. Inmitten eines Herzens*
17 *aus Grün. Dort stehe ich. Lasse meine Gedanken auf die*
18 *Erde regnen. Und blinzle. Irgendwas fort. Schon blickt es*
19 *sich klarer. Glück zulassen ist eine Kunst, die anmutig*
20 *achtsamer Lebenskraft bedarf, denke ich. Ergibt das Sinn?*
21 *Die Blätter des Tanns um mich herum, ein Prisma. Lenken*
22 *um. Wellenförmig. Ein optischer Effekt. Sieht aus, wie*

frittierte Sonnenstrahlen. Und ich, ein ruhender Tiger im 1
Gehölz. Bereit, mit dem Wind zu springen. Wenn sich der 2
nächste Schritt zeigt. Aktion und Reaktion – ein 3
Wechselspiel. Das dem Licht gleicht. Weil es über Grenzen 4
reicht. Ist man erst einmal mutig genug. Zu riskieren. Da 5
das Kämpfen heißt. Für die eigenen Ziele. Doch manchmal, 6
da lässt das Leben warten. Dabei wollte ich. Und doch 7
geht's einfach nicht weiter. Weil Ruhe drin ist. Stille 8
im Herzen heißt aber nicht, dass das Leben eine Pause 9
macht. 10

Ein Klopfen schreckte die 17-jährige aus ihren 11
Tagträumen. Sie erwachte. Schlagartig kehrte ihr 12
Fokus zurück in den Unterricht. Und ihr Blick 13
wanderte blinzelnd zur Tür. 14

Herein trat die hagere Gestalt des Konrektors. Wie 15
immer trug er seinen dunklen Anzug mit der veralteten 16
Würde eines Lateingelehrten zur Schau. In dem 17
hochgewölbten Klassenzimmer des roten 18
Backsteinbaus an der langgezogenen Allee, wirkte er 19
wie die verblasste Kopie einer Figur aus einem 20
mittelalterlichen Bühnenstück. Nicht ohne Grund 21
hatten ihn die Schüler heimlich *Pater Noster* getauft. 22

»Guten Morgen«, sprach Dr. Wagener eintretend. 23
Die freundlich kühle Reserviertheit seiner Stimme 24

1 füllte den Raum nicht wirklich aus; machte ihn bloß
2 etwas grauer.

3 Wie ein zurückgelassener Regenschirm stand er
4 vor dem Whiteboard. Und warf seinen prüfend
5 musternden Adlerblick aus blassblauen Augen auf
6 die Oberstufenschüler. Einige versteckten sich hinter
7 ihren Tablets; nutzten diese ganz offensichtlich so, wie
8 Captain America sein Schutzschild.

9 Bei seinem Anblick musste Li unwillkürlich an den
10 unzufriedenen *Dr. Faust* denken und wie Goethe ihn
11 beschrieben hatte:

12 *„Da steh' ich nun, ich armer Tor! //*
13 *Und bin so klug, als wie zuvor; //*
14 *Heiße Magister, heiße Doktor gar, //*
15 *Und ziehe schon an die zehen Jahr, //*
16 *Herauf, herab und quer und krumm, //*
17 *Meine Schüler an der Nase herum". //*

18 Herr Wanko, der sympathische Mathereferendar,
19 hielt inne und überließ dem stellvertretenden
20 Schulleiter die Bühne. Der Kontrast zwischen beiden
21 Generationen hätte nicht augenscheinlicher sein
22 können.

»Ich möchte Ihnen Ihren neuen Mitschüler 1
vorstellen«, fabulierte der Konrektor nasal. Und wirkte 2
umso mehr wie ein stocksteifer Gelehrter. Einer, der 3
sich für den Erhalt der guten alten Sitten berufen 4
fühlte. 5

Das Rauschen des Regens wurde vom Gemurmel 6
der Schüler unterbrochen. Lis Augen wanderten 7
neugierig geworden abermals zur Tür. 8

Tritt jetzt Mephistopheles auf die Bühne, dachte sie 9
und musste kichern. 10

»Raven Montag wird ab sofort zusammen mit 11
Ihnen die 12. Klasse besuchen und am Unterricht 12
teilnehmen«, sprach Dr. Wagener und winkte 13
bestimmt. Die Geste wirkte nicht wirklich einladend. 14
Dennoch trat jemand aus dem Schatten des Türrahmes 15
hervor. 16

Raven? Rabe! Was ist das denn für ein spuki Name? 17

Li warf einen Blick. Und schnappte nach Luft. Ihre 18
Augen weiteten sich. 19

Des *Pudels Kern* trat in den Raum. 20

DAS ist ja ein Indianer, dachte Li total perplex. *Der* 21
hat ja man gar nichts mit dem ach so edlen Wilden gemein, 22
über den man tonnenweise Bücher geschrieben hat. 23

1 Ein Raunen ging durch die Klasse. Irgendwer filmte
2 mit seinem Smartphone. Und würde es später
3 wahrscheinlich auf *Youtube* hochladen. So typisch! Ein
4 paar Mädchen kicherten nervös. Natürlich!

5 Li reckte sich, um einen besseren Blick zu haben.

6 Der neue Fremde schaute sie genau in diesem
7 Moment an.

8 Schon stand ihr Herz still.

9 Wie ein Blitzschlag schlug's ein.

10 Wusch.

11 23. 22. 21.

12 Und knallte gewaltig, als sich ihre Blicke trafen.
13 Haute buchstäblich um.

14 Beinah auch wortwörtlich.

15 Total perplex ließ sich Li in ihren Stuhl zurückfallen.

16 *Was war denn das?* Leicht benommen schaute sie
17 sich um. Hatte jemand etwas mitbekommen? Es
18 machte nicht den Eindruck. Alle Augen waren nach
19 vorne gerichtet. Neugierig die Szenerie betrachtend.

20 Li atmete aus. Hatte sie wirklich die ganze Zeit die
21 Luft angehalten? Noch einmal wagte sie einen Blick.
22 Versteckt, hinter dem Rücken eines Mitschülers.

23 *Oh Wunderwerk! ... ich fühle mich ... ach, ich weiß es*
24 *nicht. Diese Augen ... Er wirkt ... so anders, als die anderen.*

Ach, wo soll ich bloß anfangen? Mir schwindelt. Ich merke, 1
dass ich rot werde. Und mein Herz ... rast. Die Knie, so 2
weich, wie Pudding. Wenn er wüsste, was in mir abgeht. 3
Wie sich mein Kopf dreht. Ich muss hier raus. Sofort. 4

Die Schulglocke ertönte. Dumpf und langgezogen. 5
Und gerade rechtzeitig. 6

Li atmete erleichtert auf. Eilig warf sie ihre Bücher 7
in die Tasche. Mit geröteten Wangen folgte sie den 8
anderen aus der Klasse. Nicht ohne im Vorbeigehen 9
noch einmal einen Seitenblick zu werfen. 10

In Jeans, Hoodie und Turnschuhen. Groß 11
gewachsen, so gerade wie ein Baum. Vielleicht nicht 12
ganz so breit. Die dunklen Haare recht kurz geschoren. 13
Kohlrabenschwarze Augen, die etwas verhalten 14
schauten, aus einem markanten Gesicht. Genau so trat 15
Raven Montag an einem verregneten Freitag in den 16
Klassenraum. 17

Und damit auch in Lis Leben. 18

Herrje! 19

Es hätte anders kommen können. Hätte! Doch die 20
Geschichte nahm an diesem Tag ihren schicksalhaften 21
Lauf. Und das alles andere als geplant. 22

***

1 Rav folgte diesem komischen Typen nun schon
2 eine ganze Weile. Durch endlos erscheinende
3 Korridore.

4 *Der nimmt sich mächtig wichtig. Fehlt nur noch ein*
5 *schwarzer Umhang,* dachte er genervt.

6 Vor seinem geistigen Auge erschien der Konrektor
7 als erhabener Priester. Einer, der bedrohlich finster
8 durch die langen Gänge, mit den hohen Decken und
9 Rundbögen über den Türen, lief. Diese wollten einfach
10 kein Ende nehmen. Bronzeköpfe irgendwelcher
11 Persönlichkeiten hoben sich von den blütenweißen
12 Wänden ab.

13 *Sieht aus, wie ne Filmkulisse für nen mittelalterlichen*
14 *Streifen. Und der Typ vor mir ist ein Inquisitor. Ein*
15 *Bewahrer der einzig wahren Glaubenssätze. Umgeben von*
16 *nem Hauch Linoleum und Reinigungsmittel. Und total*
17 *verstaubter Konventionen. Die haben sich festgesetzt. In*
18 *den Ritzen. An den Wänden.*

19 Rav verzog das Gesicht. Und fühlte sich eingeengt.
20 Zusammengepfercht und hinter historisch
21 geschwängerten Steinmauern eingesperrt.

22 *Hier hat wohl alles eine Bedeutung, der man sich unter-*
23 *zuordnen hat. Und ganz besonders unter dem Wichtigtue*
24 *da vorne,* dachte er wenig begeistert.

14

Von oben bis unten einmal gemustert – auffallend 1
gemustert, hatte man ihn. Die kaltschnäuzige Eminenz 2
mit dem kahlen Kopf, dem auffallend vollen Bart und 3
den unangenehmen, rund kugligen Augen, hatte sich 4
nicht die Mühe gemacht, sein abschätzendes 5
Desinteresse an dem neuen Fremden zu verbergen. 6

Für den bin ich doch bloß noch so ein verlorener 7
Jugendlicher. Einer von vielen, in einer unübersichtlichen 8
und orientierungslos gewordenen Welt voller Bits und 9
Bites. Und genau die hat ach so dringend einen Upload- 10
Filter nötig. Ja ja, die gute alte Zeit! Wo ist sie nur geblieben! 11
Was für ein Freak, der seine unscheinbare Präsenz mit Titel 12
und Anzug dekoriert. Und sich noch dazu für die ultimative 13
Slide-Show des Lebens hält, dachte Rav mürrisch. *Ich will* 14
nicht hier sein! 15

Sein Verstand suchte angestrengt nach deutschen 16
Begriffen. Irgendwo dort oben in seinem Denkapparat 17
waberten sie; jene Worte, die ihm Einlass in das fremde 18
Land gewährten. Er hatte sie gelernt. Vor langer Zeit. 19
Grandpa hatte ihn die Sprache gelehrt. Lange bevor … 20

Cut! 21

Ravs Augen verdunkelten sich. Energisch wischte 22
er etwas zur Seite. Etwas, das eigentlich nicht mal bis 23
zum Rand seines Bewusstseins dringen durfte. 24

Never. 25

15

1 Nun, jedenfalls war auch seine Grandma auf ihre
2 letzte Reise aufgebrochen. Zu den Ahnen. Und er zu
3 Verwandten geschickt worden. Nach Deutschland.
4 Hamburg. Und damit in eine Großstadt; mit viel zu
5 vielen Häusern und noch mehr Menschen.

6 Er hasste die betonschwere Enge. Sie nahm ihm die
7 Luft zum Atmen. Niemand hatte ihn nach seinem
8 Willen gefragt. Mit 17 gehörte er rein rechtlich einfach
9 noch nicht in die Welt der Erwachsenen. Gran hatte
10 ihn das niemals spüren lassen. Jetzt war er jedoch dort,
11 wo Ordnung und Struktur ganz offensichtlich ihre
12 Heimat gefunden hatten. Und er musste sich seinem
13 Schicksal fügen.

14 Der reaktionäre Freak vor ihm stoppte abrupt. Rav
15 wäre beinah mit ihm zusammengestoßen.

16 *And here we go*, dachte Rav zerknirscht und blieb
17 mit verschränkten Armen im Türrahmen stehen. *Der*
18 *neue Fremde is coming.*

19 Seine aufkommende Nervosität wischte er cool zur
20 Seite. Er konnte ja schließlich nicht wissen, dass sein
21 Leben eine durch und durchschüttelnde Wandlung
22 erfahren sollte, als er das Klassenzimmer der 12b des
23 Gymnasiums, an der mit Bäumen gesäumten Allee,
24 betrat.

25 Dabei wollte er doch nur.

16

Doch schon ein einziger Augenblick genügte. 1

Einer, bei dem alles bebte. 2

Der alles aus den Angeln hob. 3

Bang. 4

Da saß sie. 5

Und schaute ihn an. 6

Aus Augen, so mandelschön, wie tausend erwachende 7
Morgen. 8

Ein Paar, das schöner war, als alle Sterne zusammen. 9

In ihnen, ein Funkeln, das bei Nacht den Mond anknipst. 10

Und bei Tage mit der Sonne konkurriert. 11

Man, ich bin voll hypnotisiert. 12

Rav schluckte. Um Fassung bemüht, hielt er sich 13
kerzengrade. Wie ein Baum. Und seinen Blick 14
einigermaßen ausdrucksleer. 15

What the f. … 16

Er fühlte sich benebelt. Abgehoben. Mit dem 17
Starlight-Express auf Kurs gegangen. In den Orbit 18
geschossen. Zusammen mit Major Tom. Und im freien 19
Fall zurück auf die Erde geschleudert. 20

Smash. 21

Damn … Was war denn das bitte? Und wer ist sie? Bloß 22
nichts anmerken lassen. 23

1 Was nur schwerlich gelang. Die Schulglocke rettete
2 ihn.

3 Endlich.

4 Rav atmete erleichtert aus. Nicht ohne einen letzten
5 Seitenblick auf das Mädchen zu werfen. Jene, die eine,
6 die ihm schlichtweg den Atem raubte. Und sich
7 unbemerkt an ihm vorbeizuschleichen versuchte.

8 *Sie ist ... das schönste Mädchen unter allen.*

9 *Wenn sie wüsste, was in mir abgeht.*

10 *Wie sie mir den Atem raubt.*

11 *Mein Herz steht. Der Kopf dreht.*

12 *Ich muss sofort hier raus.*

13 *Mir geht der Puls auf, schießt durch die Decke.*

14 *Sie ist die eine, unter den vielen, bei der ich fühle.*

15 *Sie ist anders.*

16 Unbeweglich blieb Rav stehen. Starrte ins Leere.
17 Und damit in eine Welt, die parallel existierte. So
18 lange, bis alle Schüler aus der Klasse waren. Ganz
19 offensichtlich hatte niemand etwas mitbekommen.
20 Auch nicht die beiden Lehrer.

21 »Das wäre dann alles. Herr Montag, Sie können
22 nun gehen.« Die Worte drangen aus weiter Ferne.
23 Holten Rav zurück.

Klar!, dachte Rav. *Das war ganz sicher nicht alles!* 1

Die Spannung löste sich aus seinem Körper. Endlich 2
konnte er den Klassenraum verlassen. Und 3
durchatmen. 4

RENDEZVOUS MIT GOETHE

„Ach wenn in unsrer engen Zelle // Die Lampe freundlich wieder brennt, // Dann wird's in unserm Busen helle, // Im Herzen, das sich selber kennt. // Vernunft fängt wieder an zu sprechen // Und Hoffnung wieder an zu blühn; // Man sehnt sich nach des Lebens Bächen, // Ach! nach des Lebens Quelle hin."
(Johann Wolfgang von Goethe, Faust I)

Samstag, vier Tage vorher.

Li blinzelte. Irgendwas kitzelte in ihren Augen. Tatsächlich drangen vereinzelte Sonnenstrahlen durch die Jalousie im Dachgeschoss des Altbaus. Auf den Dauerregen war also doch Sonne gefolgt. Und mit ihr zusammen der Wind. Er spielte schleichend um die Häuser.

Hallo? Es ist Samstag ... ich will schlafen, dachte Li genervt.

21

Die Decke energisch über den Kopf ziehend, versuchte sie den Moment zwischen Wach und Schlaf festzuhalten.

Die Augen geschlossen, zeichnete sich ein Bild in ihrem Geist ab. Eigentlich hatte sie nur. Aber es war dann einfach. Da. Ohne ihr Zutun. Toll.

Raven Montag.

Groß!

Gutaussehend!

Und viel zu präsent!

Ein Dreiklang, der sich in einem einzigen Ausrufezeichen einte. Und der jetzt gerade nicht in ihr Leben passen wollte. Aber dennoch ordentlich Wirkung auf sie ausgeübt hatte.

Bum.

Mehr als ihr lieb war. Wie ihr der eigene Herzschlag verriet.

Li schlug die Decke zurück und öffnete ihre Augen. An Schlaf war einfach nicht mehr zu denken.

Was hatte sie gestern Abend noch kurz vor dem Einschlafen notiert?

Ach ja ...

Vorsichtig öffnete sie den Ledereinband ihres ¹ Notizbuches und starrte auf die von Hand ² geschriebenen Zeilen. ³

Der Stift in meiner Hand. ⁴

Ein Rascheln. ⁵

Papier, das gefaltet wird. ⁶

Und zwischen den Zeilen, du. ⁷

Ein Augenblick, der unvergessen bleibt. ⁸

Worte können nicht schweigen. ⁹

Ich sehe dich. Noch immer. ¹⁰

Dort, zwischen den Zeilen. ¹¹

Was bleibt, könnte eine Melodie werden. ¹²

Vielleicht. Ich atme leise. Lausche. Und spüre den ¹³ *Klang.* ¹⁴

Er perlt von meinen Augen. Schließt sie. Kann ihn ¹⁵ *fühlen. Auf meiner Haut. Wie einen Kuss, der nicht* ¹⁶ *enden will. Mit allen Sinnen. Im Hier und Jetzt.* ¹⁷ *Nehme ich das Geschriebene wahr. Es ist zum Greifen* ¹⁸ *nah. Und du, zwischen den Zeilen. Weit über das* ¹⁹ *Greifbare hinaus.* ²⁰

Oh weh! ²¹

Schon wieder so ein Ausrufezeichen. ²²

23

1 Das Buch flog krachend in die Ecke.

2 *Shit!*

3 »Alles ok bei dir?«, hörte sie ihre Mutter von
4 nebenan rufen. Ihre Stimme klang – wie immer –
5 abwesend.

6 »Jaha, alles schick!«

7 *Bloß nicht reinkommen.*

8 Aber so, wie sie ihre Mutter kannte, würde die
9 bestimmt voll konzentriert über die Müslischale
10 gebeugt in den Laptop starren und versuchen, einen
11 Unterrichtsentwurf auszuarbeiten. Sie war nämlich
12 Lehrerin. Noch dazu an einer Labor-Grundschule.
13 Und gerade deshalb ständig auf der Suche nach neuen,
14 noch cooleren Ideen. Um den Kids den Stoff
15 näherzubringen. Wegen der Zukunft. Und so.

16 Damit entfaltete sich Lis Leben buchstäblich
17 zwischen zwei Polen: Nämlich einerseits zwischen
18 den verstaubten Bewahrern des Alten. Jenen, die den
19 Geist der freien, wilden Jugendzeit und wie er tickte,
20 nicht wirklich verstanden.

21 *So, wie Dr. Wagener. Der klammert sich verkniffen ans*
22 *Alte. Und begreift nicht, dass sich die Welt noch immer*
23 *dreht. Während er* längst *stehengeblieben ist, dachte Li.*

24 Und andererseits, zwischen den euphorischen
25 Pionieren einer neuen Ära. Verkörpert durch ihre

alleinerziehende Mutter, die irgendwas war, zwischen Generation X und Z. *Nachhaltig, bio und vergan* waren Schlagworte, die im Hause Caplan gern und oft fielen.

Li verdrehte die Augen.

An manchen Tagen hatte Li das Gefühl, ihrer Mutter fehle ein bisschen der Blick über den Rand ihres glutenfreien Müslis in der Ikea-Schale hinaus.

Unser Leben findet doch in einem ganz anderen Raum satt. Und ganz sicher nicht in der Schule! Wo man sich zwischen Müssen und Können, zwischen Gestern und Morgen, zwischen Angst und Erwartung, kaum entfalten kann, dachte Li.

Aber davon hatte Frau Caplan wenig Ahnung. Doch sie, Li, las es heraus. Zwischen den Zeilen von Goethes *Faust* und Shakespeares Liebes-Dramen.

Es fehlt bloß eine Verbindung, überlegte sie und trat aus ihrem Zimmer.

»Morgen« Li schluffte durch den Flur, vorbei an ihrer Mutter. Die alten Dielenböden knarzten.

»Du bist aber früh dran heute. Du hast doch schulfrei«, nuschelte sie mit vollem Mund. Der Matcha-Latte dampfte – wie immer - neben dem aufgeklappten Laptop, etwas unappetitlich grün vor sich hin.

25

1 »War keine Absicht«. Li zuckte mit den Schultern.

2 Schnell verzog sie sich ins Badezimmer. Entgeistert
3 starrte sie in den Spiegel. Das lange Haar türmte sich
4 zerzaust um ihren Kopf; bisschen wie ein Vogelnest.

5 »Guten Morgen! Auch schon wach!«, murmelte sie
6 wenig freudig, verdrehte die Augen, putze sich die
7 Zähne und versuchte ihre Mähne zu bändigen.

8 Der anschließende Blick ins Spiegelbild verriet ihr
9 die Veränderungen ihres Körpers. Diese hatten sich
10 buchstäblich eingeschlichen, in den letzten Monaten:
11 Glatte, rosige Haut. Feste, runde Brüste. Und die
12 Andeutung einer Hüfte, die aus dem schmalen
13 Teenagerkörper mehr und mehr eine frauliche
14 Silhouette entstehen ließ.

15 In einem halben Jahr würde sie 18 werden.

16 *Volljährig!*

17 Und damit endlich alt genug, auf eigene Faust dem
18 Leben etwas entgegenzuhalten. Sie wusste auch schon
19 genau, was das sein sollte! Aber das verwahrte sie
20 vorerst noch sorgfältig in ihrem Notizbuch. Zusammen
21 mit ihren Träumen und Zukunftswünschen.

22 *Ich weiß doch genau, was ich will! Und wohin ich gehen*
23 *möchte. Dafür habe ich schließlich gejobbt. In einem Eiscafé.*
24 *Sonntag für Sonntag. Die Launen der Besitzer ertragen.*

In Lis Augen zeigte sich ein Ausdruck von Entschlossenheit. Er spiegelte sich in ihrem Gesicht.

Das gebe ich nicht auf!

Schnell war die morgendliche Dusche nebst Kleiderwahl vollzogen, eine Tasche gepackt. Zusammen mit einem Croissant im Mund verließ Li schließlich die blumige, farbenfroh eingerichtete Altbauwohnung im vierten Stock des Hauses. Sie glich einer fantastischen Welt, voller Goldschnörkel und restauriertem Mobiliar. Schritt man durch die Eingangstür, fühlte man sich wie *Alice im Wunderland*. Und das, mitten im Kultviertel der Stadt.

Li kannte ihr Ziel. Und folgte dem kleinen Pfad, der sich vor ihr auftat, auf dem Fahrrad. Zusammen mit einer frischen Brise. Diese zog um die Jugendstilvillen. Ein wenig unbestimmt. Man hörte sie leise flüstern. Dort, zwischen den Blättern in den Bäumen. Und den Häusern, im marmorweißen Gewand.

Als sie auf dem Radweg zum *Hafen* entlangfuhr, spielte der Wind in ihrem Haar. Zerwühlte es wie eine Hand.

Es war einer jener Momente, in denen sie überlegte, wer sie war. Wie die Welt sie sah.

1 *Ein bisschen durchgeknallt vielleicht. Und unbedeutend*
2 *klein. Dem Sandkorn ähnlich, im Getriebe der Zeit, die*
3 *relativ ist. Genau wie der Raum. Schillernd, wie ein*
4 *Ölteppich auf dem weiten Ozean. Ein Tropfen unter vielen.*

5 *Und doch auch vielleicht ein bisschen besonders. Und*
6 *anders, als viele andere. Eine junge Frau, wild und frei. Mit*
7 *einem verwegenen Hauch Romantik aus einer anderen Zeit.*
8 *Und aufrechter Klarheit, mit dem Blick in die weite Welt.*

9 *Ja, vielleicht genau so.*

10 Li spürte den Fahrtwind auf der Haut. In ihrem
11 Gesicht. Genoss es. Und ließ ihn darin seine Spur
12 zeichnen. Genau wie sie ihre Spuren im Raum der Zeit
13 hinterlassen würde.

14 Ja, sie traute sich zu, etwas tiefsinnig Besonderes zu
15 erschaffen. Und würde es auch tun.

***

16 Ein wenig planlos wanderte Rav durch die Straßen.
17 Er suchte einen Ort. Einen Platz, der ihm einen Blick
18 in die Weite gewährte. Freie Sicht.

19 Diesen Wunsch schien er ganz offensichtlich mit
20 dem Wind zu teilen. Dieser strich, nicht minder
21 unwirsch, um die Ecken. Ganz so, als kenne er seine
22 Richtung noch nicht wirklich.

Der dicht besiedelte, multikulturelle Stadtteil, in 1
dem seine deutschen Verwandten lebten, zeigte sich 2
geschäftig an diesem Samstagvormittag. Die 3
Straßencafés waren voll. Jung und Alt saß in der 4
Sonne. Einen *Galao* in der Hand und ein anregendes 5
Gespräch auf den Lippen. Rav schaute sich um und 6
überlegte, wie er wohl in diese Szene hinpasste. 7

Ich ... ein Großstadtindianer! Jetzt nutze ich schon 8
selbst dieses Wort! Dabei sagt es doch nichts über mich aus. 9
Nein, ich falle hier nicht auf. Passe hinein, ins Bild. Und bin 10
doch anders. Zumindest fühle ich mich so. All die Menschen, 11
ihre Gedanken, die die Straße besiedeln. Ihre Blicke verraten 12
sie. Dieser Ort kennt keine Stille. Oder den Moment, wenn 13
die Natur in mir dem Außen gleicht. Dann bin ich ein 14
bisschen durchsichtig. Füge mich ein. Ins Bild. Bin überall. 15
Und nirgends. Aber hier? Spüre ich die Grenzen meines 16
Körpers zwischen den backsteinroten Mauern. Eingeengt. 17
Begrenzt. Mein Atem kann keine Brücke bauen. Ich höre 18
ihn einfach nicht. 19

Rav musste an seine Heimat denken. Der 20
Hamburger Stadtbezirk hatte wenig mit *Old Massett* 21
gemein. Der kleine Küstenort, aus dem er stammte, 22
war vergleichsweise winzig dagegen. Die Häuser, aus 23
kaum stabilen Brettern gebaut; einige davon hätten 24
gut und gerne einen Anstrich verdient. Allesamt 25
schauten die Holzhäuschen aufs Meer hinaus, in die 26

29

Weite. Zusammen mit den wachenden Wahrzeichen seiner Kultur: Rabe und Adler. Kunstvoll in Totempfähle eingearbeitet. Achtsam aus diesen herausgeholt. Zeichen der Zugehörigkeit, die ebenso in rot und schwarzer Farbe an den Hauswänden aufgemalt waren. Er selbst hatte das Handwerk von seinem Ur-Großvater gelernt.

Hier sind meine Hände untätige Werkzeuge! Und doch ist längst nicht alles so schön, wie die spirituelle Arbeit meiner Leute, meiner poeple.

Der Kulturzerfall seines Volkes war in allen Ecken und Enden zu spüren: Mit Autoschrott zugestopfte Vorgärten. Müll bis unter die Dächer. Veraltete Trailer. Alkohol und Drogen. Gewalt. Zu viele Touristen, die mehr nahmen, als sie brauchten. Und über allem eine kreisende Melancholie, die dem Nicht-Hinsehen wollen geschuldet war.

Man will uns vergessen, dachte Rav und schüttelte seine Gedanken wach. *Und jetzt bin ich hier. In einem fremden Land. In dieser Großstadt. Und muss mich wohl oder übel damit arrangieren, getrennt zu sein, von dem, was mich ausmacht.*

Nicht immer verlässt man ein Land freiwillig. Nicht immer hat man eine Wahl. Irgendwann wäre auch ich gegangen. Aber nicht so!

Doch genau daran wollte er gerade nicht denken. 1

Vorbei an Läden in der Einkaufsmeile, an Passanten 2
mit großen und kleineren Einkaufstüten, zog es Rav 3
immer weiter. Durch einen winzigen Park hindurch. 4
An einem weiß getünchten Rathaus vorbei. Bis er 5
plötzlich an einer viel befahrenen Hauptstraße stoppen 6
musste. Einer, die augenscheinlich runter zum Hafen 7
führte. 8

Endlich aufatmen, dachte er bei dem Gedanken an 9
Wasser und Weite. 10

Und hielt inne, als er eine Bewegung wahrnahm. 11
Sein Fokus richtete sich augenblicks aus. Und sein 12
Innenleben… 13

Nun ja! 14

Das war plötzlich auf den Kopf gestellt. Denn 15
irgendwas nahm Hirn und Handeln in Beschlag. 16

Da ist SIE! 17

Das Mädchen. 18

Aus meiner Klasse. 19

Jene, mit den langen Haaren. 20

Dem schönen Mund. 21

Und diesem Ausdruck in ihren Augen. 22

Und überhaupt. 23

1 *Sie! Die mir gleich aufgefallen ist.*

2 *Das schönste Mädchen unter allen.*

3 Bei ihrem Anblick platzte Rav fast das Herz aus
4 allen Nähten.

5 Wusch.

6 Head over feet! Und des klaren Denkens nicht mehr
7 mächtig. Ein bisschen so, wie ein verliebter
8 Viertklässler. Keine Spur mehr des fast erwachsenen,
9 jungen Mannes. Jenem, der es eigentlich gewohnt war,
10 die raue, wilde Natur seiner Heimat rund um *Haida*
11 *Gwaii* zu händeln. Alleine. Mit Truck oder Boot.
12 Gewehr und Messer. Notfalls!

13 Aber ein Mädchen …! Noch dazu in einer fremden
14 Stadt!

15 *Damn…!*

16 Rav musste schlucken.

***

17 Sie saß da also, auf der Wiese, die man *Altonaer*
18 *Balkon* nannte. Wie von Picasso hingepinselt. Die
19 Augen geschlossen, lauschte sie dem Wind. Ganz still
20 saß sie. Hörte ihn erzählen: Von dem was war und
21 dem, was kommen wird.

22 Sie hingegen wusste es noch nicht.

Nach einer Weile öffnete sie die Augen. Ein 1
flimmernder Sonnenball blickte ihr entgegen. Wolken, 2
schneeweiß – wie mit Abdeckfarbe breit und dick 3
dahingetupft – luden zum Träumen ein. 4

»Wohin geht die Reise? Was wird als nächstes 5
sein?«, fragte Li leise in die Weite des Raums hinein. 6
Und notierte etwas in ihrem Notizbuch. Ein paar 7
Bücher lagen verstreut um sie herum. 8

  9

Auf gekreuzten Wegen, bewegt. Sind wir. Zwei und 10
eins. Für eine Zeit, die wir beschreiten. Hat alles und alles 11
hat Sinn. Durch den Schleier hindurch. Im Sehnen. Im 12
Suchen. Im Finden. Sind wir. Zwei und eins. Halten uns in 13
einem Raum, der uns spürt. An den Händen. Im Kreis, der 14
nichts vergisst, nichts verliert. Sind wir – zwei und eins – 15
verbunden. Wie ein Gedanke im Klang, der gleich schlägt: 16
So ruhig, so laut, so sehr. Und so weit, wie das Herz an 17
Tiefe fassen kann. Spiegelt sich die Magie, die wir sind. In 18
einem Wort, das uns – vom Universum gelenkt – in diesem 19
Leben, in dieser Welt zusammenbringt. Damit der Traum 20
erfüllend schwingt – Seite an Seite – in der Melodie, die in 21
den Äther dringt. 22

Während sie schrieb, um eine Antwort zu finden, 23
blieben ihr die Wolken hingegen die Antwort schuldig. 24

1 Der Wind tat dies im Übrigen auch. Ungebunden
2 strich er um die Häuser, spielte hier und da mit den
3 Blättern der Bäume. Kitzelte sie sanft. Eine flüsternde
4 Melodie, die von Freiheit sang, drang zu ihren Ohren.
5 Ein Klang, so fein, dass er die leeren Stellen füllte,
6 perlte von den Häuserwänden.

7 Rav stand jetzt ganz dicht hinter ihr. Lauschte,
8 ohne es zu wollen. Ohne dazu eingeladen zu sein. Und
9 wollte sich doch ebenso wenig entfernen. Magisch
10 angezogen, blieb er wie angewurzelt stehen. Und
11 starrte einfach zu ihr.

12 »*What is the sound of the song in your heart?*«, hörte
13 Rav sie leise sagen, während ihre Hände die Melodie
14 ihrer Sprache sanft gestikulierend unterstrichen. Ganz
15 so, als würde sie einen Taktstock führen, der ihre
16 Worte begleitete. Ihr gesamter Körper erzählte mit, als
17 sie redete.

18 Und ohne nachzudenken sprach Rav laut aus, was
19 er dachte: »*Let's throw our songs into the wind and let
20 them echo.*«

21 Li erschrak. Und drehte sich abrupt um.

22 »DU? Was machst du denn hier?«

23 Ihr Herzschlag setzte aus.

24 Wum.

Setzte wieder ein. 1

Und hüpfte unruhig weiter. 2

Ja, warum eigentlich? Eine gute Frage! 3

Eine, die einmal mehr ein Ausrufezeichen mit sich 4
brachte. 5

Und Herzrasen. 6

Weil ich wie am Band gezogen werde. 7

Weil du mich einfach total irr machst. 8

Ich auf dem Kopf steh, wenn ich dich seh. 9

Nicht klar denken kann. 10

Weil du so schön bist, dass ich dir einfach folgen, dich 11
einfach anschauen muss. 12

Vielmehr starren! 13

Ja, das war das passendere Wort. Und die treffende 14
Antwort. Aber die behielt Rav für sich. Und errötete. 15
Zumindest ein wenig unter seiner Basecap. Und der 16
olivbraunen Haut. Und konnte nicht sagen, ob es 17
wegen seiner Gedanken oder ihres Ertappen war. 18

«Mmpf». Er versuchte, etwas zu sagen. Englische 19
und deutsche Begriffe ploppten jedoch in seinem Hirn 20
auf, wie frisches Popcorn. Und überhaupt fühlte sich 21
Rav, als wäre eine Cola-Bombe in ihm explodiert. 22

Wump. 23

1 *Oh man, ich benehme mich wie ein Irrer!*

2 Li schaute ihn an. Gefühlt tausend Ameisen tanzten
3 Tango in ihrem Bauch. Und eine Wagenladung
4 kichernder Sonnenstrahlen kippte sich in ihrem
5 Inneren aus. Brachten ihre Augen zum Strahlen. Wie
6 zwei Kronleuchter über einer festlichen Tafel.

7 *Oh bitte … was für ein verräterischer Blick. Und ich*
8 *kann nichts tun.*

9 Nein, dagegen war sie machtlos.

10 »Hi, ich bin Rav«. Endlich ließen sich ein paar
11 brauchbare Worte zu einem sinnvollen Satzgefüge
12 zusammenbasteln. Subjekt, Prädikat, Objekt: Ich. Bin.
13 Rav. Das war doch schon mal ein Anfang. Zugegeben.
14 Ein ziemlich dämlicher Anfang. Aber immerhin!

15 »Ich weiß«, entgegnete Li. Und lächelte.

16 *Als wäre die Sonne gerade am Aufgehen,* schoss es Rav
17 durch den Kopf. Er entspannte sich. Kein bisschen.
18 Verlor sich stattdessen gewaltig in der Tiefe ihrer
19 Augen. Wollte noch dazu ein kleines bisschen sterben.
20 Und wich – erschrocken darüber – zurück.

21 *Erde an Hirn! Was in aller Welt mache ich hier bloß?*

22 »Hi, ich bin Li«

23 Sie reichte ihm ihre Hand. Er nahm sie.

24 Brrzzz.

Beide zuckten zurück. 1

Li kicherte nervös. 2

In ihren Gesichtszügen - hell und klar - spiegelte 3
sich ein offenes Wesen. Und noch so viel mehr. Rav 4
schluckte. Sein Mund fühlte sich staubtrocken an. Als 5
hätte man ihm eine Oblate auf die Zunge gelegt. Die 6
nun ätzenderweise an seinem Gaumen festklebte. 7

Toll! 8

»Wo kommst du her? Ich meine… ursprünglich.« 9
Ihre Finger zitterten. Gehorchten ihr nicht mehr. 10
Folgten stattdessen den kichernden Sonnenstrahlen in 11
ihrem Inneren. Jenen, die sich mächtig ausdehnten. 12
Ihren gesamten Brustkorb ausfüllten. Und darüber 13
hinausschossen, in gebündelter Kraft. Wie ein Pfeil. 14

Zisch. 15

Das Gegenüber trafen. Und sich darin versenkten. 16

»*Nordamerika*«, antwortete Rav. So langsam kehrte 17
seine Selbstbeherrschung zurück. Er streckte sich. 18
Machte sich ein bisschen größer. »Ich bin ein *Haida* 19
und gehöre zum *Clan der Raben*«, fügte er, nicht ohne 20
Stolz, erklärend hinzu. Mehr wollte er jedoch vorerst 21
nicht über sich Preis geben. Daher fragte er mit Blick 22
auf ihre Bücher: »Was liest du da?« 23

»Goethe … Shakespeare …!« Sie zuckte mit den Schultern und lächelte. Warm und sanft. Und strich sich eine Strähne ihres langen Haares zurück.

Rav folgte der Bewegung ihrer Hände. Zu gerne hätte er ihr durch das Haar gestreichelt, übers Gesicht.

Und die Lippen.

»Warum gerade diese beiden?«, hakte Rav – ordentlich um Fassung bemüht - nach und ließ sich ihr gegenüber ins Gras sinken.

Lis Augen folgten seinen Bewegungen.

Geschmeidig, wie ein Panther, bewegt er sich. Als wolle er das Gras nicht verletzen. Wie es sich wohl anfühlt, in seinen Armen? An seiner Brust?

Li atmete tief ein. Hielt den Atem an. Am liebsten hätte sie ganz aufgehört zu atmen. Fast atemlos sprudelte sie schließlich los. Ihre Stimme überschlug sich förmlich. Schwankte zwischen weich und piepsig.: »I-ich liebe die alte Sprache. Sie ist so voller Poesie, Melodie und Klang. Und einem Hauch von Ewigkeit. So klar und rein. Ich tauche darin ein. Lasse mich einfach mitreißen. Als wäre das Blau der Tinte ein Ozean. Und die Buchstaben Wellen, die mich weit, weit tragen. An einen unbekannten Ort. Ohne, dass ich Abschied nehmen muss, weil ich ja weiß, dass ich

wiederkommen werde. Und das Papier verwandelt 1
sich in einen endlosen Raum. Einen, in dem ich mich 2
frei und unbeschränkt bewegen kann. Und der Gehalt, 3
Tropfen für Tropfen, sprudelt grenzenlos zwischen 4
den Zeilen. Selbst dann noch, wenn ich die Texte 5
ausgelesen habe.« Sie zuckte mit den Schultern und 6
lächelte. Ein bisschen nervös, ein bisschen keck. Und 7
so, als könne sie selbst nicht ganz fassen, was sie da 8
eben von sich gegeben hatte. 9

Hilfe! 10

»Ist ähnlich wie Fortnite spielen«, ergänzte sie 11
hastig. 12

Oh man! 13

Ravs Blick wanderte über ihr Gesicht. Und blieb 14
abermals an ihren Lippen hängen. *Ein Lächeln, dass alle* 15
Welt sehen sollte, dachte er voll verzaubert. Und musste 16
schlucken. Heftig schlucken, um nicht auszusprechen, 17
was er dachte: 18

Ich will dich küssen. 19

Hier und jetzt. 20

Vor aller Augen. 21

Verlegen lüftete Rav sein Basecap und fuhr sich 22
durch die Haare. Ganz so, als suche er Halt darin. 23

Erde an Hirn. Bitte, bitte konzentrier dich. 24

39

1 »Woher kannst du so gut deutsch?«, fragte Li und
2 meinte doch eigentlich etwas ganz Anderes.

3 *Ich will dich küssen.*

4 *Hier und jetzt.*

5 *Vor aller Augen.*

6 »Mein Grandpa war aus Hamburg. Er ist 1970 nach
7 Haida Gwaii gekommen. Er und meine Gran haben es
8 mir beigebracht.« Ravs Selbstbeherrschung schwand.
9 Er wollte bleiben, fliehen. Beides zugleich.

10 Irgendwas… Vielleicht eine Sicherung? Explodierte.
11 Knallte durch. In ihm.

12 In ihr.

13 Wump.

14 »Tja, also i-ich muss dann mal los«, stotterte er.
15 Und hatte es plötzlich eilig. Sehr eilig.

16 »Ja, also dann… Ciao!« Li klang enttäuscht.

17 *Geh noch nicht. Ist doch noch früh. Bleib noch ein*
18 *bisschen.*

19 »Ähm« Rav kratzte sich unwirsch am Kopf. »Ciao«

20 »Also … Morgen ist ein Konzert und ich dachte …
21 Ja, also … Vielleicht hast du Lust. Ich meine …
22 hinzugehen … In der *Roten Flora* um neun?«

23 Die Frage kam schnell.

Zu schnell? 1

Nicht schnell genug! 2

Hätte ich zurückhaltender sein sollen? Finsterer blicken? 3
Ihn mehr werben lassen? 4

Sie haderte. Zumindest kurz. 5

»I-ich ...«, stotterte Rav und brach ab. *Werd's kaum* 6
aushalten, wollte er eigentlich sagen. Doch etwas 7
hinderte ihn daran. Wie eine Wand schob es sich 8
dazwischen. Zwischen ihn und Li. 9

Cut! 10

Li spürte sein zögerliches Schwanken recht deutlich 11
und schluckte: »Ok, dann vielleicht bis morgen.« Und 12
lächelte schwach. 13

Kann's kaum erwarten, hätte sie viel lieber gesagt. 14
Aber Ravs seltsames Öffnen und Zurückziehen 15
verwirrte sie. 16

Doch der Glanz in ihren Augen blieb. Und schoss 17
Rav total aus der Umlaufbahn. 18

Wam. 19

Voll neben sich und ein bisschen verschämt, zog er 20
von dannen. Wie ein verirrter Satellit. Und wirkte, als 21
wisse er nicht mehr so recht, warum er überhaupt 22
dorthin gekommen war, zum Balkon am Hafen. 23

1 Magisch angezogen. Einmal mehr, in diesen
2 merkwürdigen Tagen. Kein Wunder war's, denn
3 Raven Montag, vom Clan der Raben und Julia Caplan
4 aus Hamburg, hatten sich auf den ersten Blick total
5 ineinander verliebt.

***

6 Als Rav außer Sichtweite war, atmete Li deutlich
7 hörbar aus. Und merkte, dass ein Buch fehlte. Ebenso,
8 wie diese magische Seifenblase, in der Raum und Zeit
9 zu existieren aufgehört hatten.

10 Der übliche City-Sound stand plötzlich im krassen
11 Gegensatz zum Erlebten.

12 Das gleichmäßige Tönen im Hafen. Kinderlachen.
13 Gesprächsfetzen. Murmelnde Stimmen. Hier und da
14 ein energisches Hupen. Straßenlärm,
15 Motorengeräusche und Sirenen. Aus einem
16 Smartphone plärrte die schrille Bubble-Gum-Stimme
17 einer Youtuberin.

18 *Was war denn das?*

19 Eine enorme Portion Magie. Ein bisschen Wahnsinn.
20 Und eine ordentliche Brise Chaos, sagte eine Stimme
21 in ihr.

22 Und machte das alles nicht wirklich klarer.

So schnell! So ungeschminkt! So offen! Einfach belauscht, unverhohlen *angestarrt! Und dann dieser plötzliche Rückzug!*

Hätte ich mich, meine Gefühle vielleicht doch ein bisschen mehr verstecken sollen?

Ich kapier's grad ehrlich nicht!

Li starrte haltsuchend auf ihre Bücher.

Goethe, was sagst du dazu?

Doch der schwieg.

Tja, wie hab' ich's denn mit dem Lieben, stellte sich Li die Gretchenfrage.

Kam aber mit dem Denken nicht wirklich weit. Also notierte sie, was ihr durch den Kopf ging:

Alles, was ich habe, sind drei Worte. Ich packe sie in Silberfolie. Jetzt ähneln sie ein bisschen dem, was nachts vom Horizont hinunterstrahlt. Sie bewahren den Zauber, der ausgesprochen eine Wirkung zeigt. In dem Menschen, der du bist. In dem Lächeln, zu dem zu wirst. Und in der Brücke, die sie bauen. Alles, was ich habe, ist in diesem fein silbrig schimmernden Traumpapier verpackt. Es wiegt in meinen Händen – leichter, als ein Falter. Schwerer, als ein ganzes

1 *Universum fassen kann. Alles, was ich habe, ist der*
2 *feste Glaube daran. Dass du irgendwann bist. In den*
3 *Worten, zu denen du wirst. In den Klängen, die sich*
4 *in dir erfüllen. Mit mir. Und, so lange, bis du bist,*
5 *halte ich in meinen Händen, was aus meinem Herzen*
6 *spricht:*
7 *Ich liebe dich. Denn das ist alles. Alles, was ich habe.*

SHAKESPEARE IS BACK

"Der Liebe leichte Schwingen trugen mich; //
Kein steinern Bollwerk kann der Liebe wehren; //
Und Liebe wagt, was irgend Liebe kann."
(William Shakespeare, Romeo und Julia)

Sonntag, drei Tage vorher.

Der Wind hatte an Fahrt aufgenommen. Erneut versank die Welt in grauer Farbe. Donnergrollen rollte über die Stadt. Dazwischen war nichts als Stille. Und das Warten, auf den Moment, in dem der Blitz dem Toben oben am Himmel folgte. Alles zum Beben brachte. Eine mächtige Magie war dieser Tage am Werk. Etwas braute sich zusammen. Nur der Regen, der blieb aus.

Rav schaute in die schwarze Wolkenfront. Diese starrte finster zurück.

Bloß kein Regen, dachte er.

Doch das war nicht das, was ihn eigentlich beunruhigte. Auch nicht das Gewitter. Sondern ein

45

1 unbestimmtes Gefühl. Eine dunkle Vorahnung, die
2 einem entfernten Gewitter glich: Bereits zu spüren,
3 aber noch nicht entladen.

4 Rav konnte seinen Blick nicht lösen. Aus den
5 Wolken formten sich schließlich zwei feindlich gesinnt
6 blickende Augen. Sie sprachen eine Warnung aus.

7 »Lass die Finger von ihr«, sagten sie. »Sie ist nicht
8 deine Liga. Hat einen Besseren verdient. Du bist ein
9 Nichts, der es zu nichts bringen wird. Bloß noch so ein
10 neuer Fremder. Und hier nicht willkommen.«

11 Das alles hatte Rav in den Augen des Konrektors
12 gelesen. Gestern. Kurz nachdem er Li zufällig dort
13 unten, am Hafenbalkon, getroffen hatte.

14 Auf dem Heimweg wäre er nämlich beinah *Pater*
15 *Noster* direkt in die Arme gelaufen. Der steife
16 Anzugträger hatte ganz offensichtlich das ungeplante
17 Rendevous beobachtet. Und sich einen Reim darauf
18 gemacht.

19 DAS war seinem Blick – warnend und hart –
20 überdeutlich zu entnehmen. Nur kurz hatten sie sich
21 angeschaut. Über die Allee und die Autos hinweg.
22 Dann war Rav hastig weitergeeilt. Ohne noch sonst
23 wo zu verweilen.

24 Rav blinzelte. Sein Geist war tief in die Wolken
25 versunken. Nun holte er ihn zurück. Zurück, in das

praktisch eingerichtete Gästezimmer der Wohnung 1
seiner Hamburger Verwandten. 2

Seine kohlschwarzen Augen trugen Sorge. 3

Fremdenhass!, dachte er. 4

Es war ihm nicht unbekannt. Auch in Kanada war 5
er ein Fremder. Mancherorts. Im eigenen Land. 6

Bloß weil ich ein „Indianer" bin. Wie sie mich oft 7
fälschlicherweise noch immer *nennen.* 8

Einige seiner Freunde wurden regelmäßig mit 9
rassistischen Bemerkungen konfrontiert oder bedroht. 10
Nicht selten verprügelt. 11

Und warum? Doch nur aus Furcht vor dem Unbekannten. 12
Vor dem, was anders aussieht, sich anders verhält. Wir sind 13
Freiwild für sie. Und die Gewalt gegen uns sozial akzeptiert. 14

Das Andere … Ich bin das Andere. Aber, was ist so 15
anders an mir? 16

Rav dachte an die – eher spärlichen – Erzählungen 17
seiner Gran über das, was man seiner Kultur angetan 18
hatte. Auch ihr. Durch die *Weißen*. Doch dieses Wort 19
hatte seine Gran nie benutzt. Niemals! Sie hielt es für 20
rassistisch. 21

»Wir können nicht ändern, was geschehen ist. Wir 22
können nur verzeihen. Und dafür sorgen, dass wir 23
unsere Bräuche, unsere Geschichten weitertragen. Sie 24

1 dem Wind mit auf die Reise geben. Wir dürfen nicht
2 zulassen, dass der Rassenhass sich weiter mit
3 fortpflanzt. Von Generation zu Genration«, hatte sie
4 immer gesagt.

5 Jedoch nie über ihre Zeit in der *Residential School*
6 gesprochen. Jene kirchlich organisierten, staatlichen
7 Internate, in die man die Kinder seines Volkes gesteckt
8 hatte. Getrennt von den Eltern. Von ihren Wurzeln.
9 Den Bräuchen. Und Geschichten.

10 *Zur kulturellen Säuberung!*

11 Die seelischen und körperlichen Peinigungen der
12 Priester und Nonnen kosteten tausenden von Kindern
13 das Leben. Brach viele. Die Auswirkungen waren
14 auch noch heute zu spüren. Die letzte dieser Schulen
15 wurde ja überhaupt erst in den späten 1990er Jahren
16 geschlossen.

17 *Als Grandpa nach Old Massett kam, hatte gerade eine*
18 *Selbstmordwelle von Jugendlichen eingesetzt. Sie litten.*
19 *Weil ihre Eltern dem Alkohol und den Drogen verfallen*
20 *waren. Sie wurden geschlagen. Weil ihre Eltern misshandelt*
21 *wurden. In diesen Schulen.*

22 Selbst Rav konnte den Kummer, das Leid spüren,
23 wenn er zusammen mit seiner Gran über den Friedhof
24 gegangen war. Die Geister der Verstorbenen weilten
25 noch immer dort. Und weinten. Genau wie die leeren

Körper der Zurückgelassenen. Beide Seiten hingen 1
fest. An der Grenze zwischen Da und Dort. 2

Das Andere…! Rav schüttelte seinen Kopf. *Grenzen* 3
entstehen in einem Geist, der getrennt ist. Aus Ignoranz. 4
Aus Angst. Es ist doch überall und immer wieder dasselbe. 5

Draußen donnerte es krachend. Der Wind, als hätte 6
er einen Körper, klopfte ungeduldig gegen die kleine 7
Fensterscheibe. Wollte Einlass. 8

Rav erschrak. Plötzlich drängte sich ein weiterer 9
Gedanke an den Rand seines Bewusstseins. Wie der 10
Blitz, der auf den Donnerschlag folgte. 11

Cut! 12

Schnell steckte Rav seine Nase wieder in das Buch. 13
In jenes, das er tags zuvor hatte mitgehen lassen. Weil 14
er mehr über Li erfahren wollte. 15

So viel mehr. 16

Alles andere hatte hier und jetzt keinen Platz. 17

***

Li stand vor dem großen Spiegel in ihrem Zimmer. 18
Was sie sah, gefiel ihr. Das glänzende Oberteil passte 19
zu dem seidig schimmernden Teint ihrer Haut. 20
Umschmeichelte fließend ihren Körper, bis zum 21
Ansatz ihrer Jeans. Passend dazu zierten silbrig 22

49

1 funkelnde Armreifen ihre schmalen Handgelenke.
2 Das Haar floss über ihren Rücken; verdeckte die
3 Creolen an ihren Ohren nicht ganz.

4 Sie lächelte zufrieden. Während ihr Herzschlag den
5 wilden Flügelschlägen eines Kolibris glich.

6 *Bald. Bald schon werde ich ihn sehen!*, dachte sie –
7 ganz schön glücklich. Und aufgeregt.

8 Ein Klopfen an der Tür holte ihren Geist zurück ins
9 Dachgeschosszimmer.

10 »Li, bist du da?«, fragte ihre Mutter. »Ich würde
11 gerne etwas mit dir besprechen.«

12 *Jetzt?*

13 Li warf einen prüfenden Blick auf die Uhr neben
14 ihrem Bett. Es war immerhin schon nach sieben.

15 »Ja ...!«, fiel daher die knappe, leicht nervöse
16 Antwort aus.

17 Mit Bedacht, als spüre sie das Zurückhaltende ihrer
18 Tochter, öffnete Frau Caplan die Tür und betrat das
19 Zimmer.

20 *Sie ist noch immer schön*, dachte Li beim Anblick
21 ihrer Mutter. Fast ein bisschen überrascht. Wo sie sich
22 doch jeden Tag über den Weg liefen.

23 *Nach der Scheidung von Erzeuger hat sie sich*
24 *zurückgezogen. Geht noch immer nicht mit anderen*

Männern aus. Dabei hat Erzeuger eine Familie. Eine, die 1
parallel lief. Eine, für die er extra nach München gezogen 2
ist. *Und dort patchworked.* 3

Zu jener Zeit war Li nicht mal zwei Jahre alt 4
gewesen. Ihre Mutter hatte den Namen behalten. Und 5
die gesamte Verantwortung alleine übernommen. 6

Meinetwegen! 7

Die Enddreißigerin ließ ihren Blick durch den 8
Raum wandern. Verweilte nur kurz auf den 9
Gegenständen des jugendlichen Zimmers und blieb 10
schließlich an Li hängen. Die Einrichtung glich einem 11
Märchenwald. Und die elfengleiche Gestalt ihrer 12
Tochter fügte sich ins Bild. 13

»Gehst du noch aus?« Es war mehr eine Feststellung, 14
als eine Frage. Frau Caplan wirkte nachdenklich. Ein 15
Hauch dunkler Schatten zeichnete sich unter ihren 16
Augen ab. 17

»Ja, auf ein Konzert. Caissy und Tami kommen 18
auch mit«, fügte Li schnell hinzu. 19

Doch ihrer Mutter schien anderes im Sinn zu 20
schweben. 21

»Li … Ich wollte etwas mit dir besprechen«, sagte 22
sie gefasst und ohne Umschweife. Jedoch nicht ganz 23
ohne einen dezenten Anflug von Unsicherheit. 24

1 *Oh oh!* Li schwante nichts Gutes. Dabei hatten sich
2 die Gewitterwolken doch gerade erst verzogen. Wohl
3 doch nur vorübergehend.

4 *Bitte, bitte kein Regen!,* flehte sie innerlich und
5 schaute ihre Mutter erwartungsvoll an.

6 »Es geht um deine Zukunft.«

7 *Klar! Was sonst! Aber die hat doch noch Zeit. Wenigstens*
8 *bis morgen, oder!?*

9 »Ich habe mit Onkel Pete geskyped.«

10 *Aha!*

11 Onkel Pete, die jüngere Ausgabe ihrer Mutter. Ein
12 Hippster, mit der äußerlichen Erscheinung eines
13 Mangas. Total cool. Er lebte in Tokio. Und arbeitete
14 dort in einer Werbeagentur; für ein deutsches
15 Unternehmen. Peter Yamamoto, der sehr viel jüngere
16 Bruder ihrer Mutter aus zweiter Ehe, hatte Köpfchen
17 und sah noch dazu verdammt gut aus.

18 »Schön! Wie geht's ihm?«

19 Ihre Mutter druckste. Li wurde langsam ungeduldig.
20 Der Zeiger der Uhr wanderte unaufhaltsam gen acht.

21 Tick. Tack. Tick.

22 »Li, dein Vater und ich finden beide, dass es für
23 dich … also für deine Zukunft … das Beste wäre, wenn
24 du in Tokio für ein Jahr zur Schule gehst. Man kann

dort so viel lernen. Es würde dich enorm weiterbringen. ENORM!«

Ihre Mutter unterstrich das letzte Wort mit einer Geste ihrer ausgebreiteten Hände.

Bitte? Sprachlos starrte Li ihre Mutter an. »Mein V-A-T-E-R...? Seit wann interessiert sich mein Erzeuger dafür, was ich tue?« *Machen die beiden jetzt auf Heli-Eltern und kreisen wie Fliegen über meinen Kopf? Jetzt? Ausgerechnet jetzt? Vielleicht ein bisschen zu spät, oder!*

»... also und ... Ich habe dich vorsorglich dort an einer internationalen Schule angemeldet. Für das kommende Schuljahr. Du kannst bei Onkel Pete wohnen.« Auf Lis Bemerkung ging sie gar nicht erst ein.

Was?

Li riss die Augen auf, öffnete den Mund. Wollte etwas sagen. Klappte ihn wieder zusammen. Versuchte sich zu fassen und sagte schließlich: »Ohne mich vorher zu fragen? Ich meine ...! Ohne, mit mir darüber zu reden?«

»Li, warte, bevor du zu früh ablehnst. Überleg es dir bitte. Es ist wirklich eine einmalige Chance in deinem Leben.«

1   *Die spinnt doch total!*

2   »Warum die Eile?«

3   »Nun … bald machst du Abitur. Und wirst
4 studieren. Es ist eine Gelegenheit … Eine, die ich nie
5 hatte. Um die ich dich beneide.«

6   *Ach so!*

7   »Eben! Es geht hier doch gar nicht um mich! Es geht
8 um dich. Um deine verpassten Chancen.« Empörte
9 sich Li. Lauter als beabsichtigt.

10   Smash.

11   Treffer versenkt.

12   Das Sturmtief des Vormittags war ganz
13 offensichtlich von der Außenwelt ins Innere des
14 Dachgeschosses gekrochen. Es bebte und tobte
15 gewaltig.

16   In ihr.

17   In ihrer Mutter.

18   Diese schluckte. Ein dunkler Ausdruck trat in ihre
19 warmen Mandelaugen. Diese zeigten unverkennbar
20 die japanischen Wurzeln.

21   Lis Urgroßvater stammte nämlich aus Japan.
22 Gerade mal 17 Jahre alt, hatte man Haruki Yamamoto
23 1942 zur Verstärkung der Wehrmacht ins deutsche
24 Reich entsandt. Die militärische Allianz zwischen

Deutschland und Japan war jedoch ohne militärische 1
Eingriffe geblieben. Zu unterschiedlich waren die 2
Interessen. Vielleicht aus weiser Voraussicht, zog es 3
Haruki nach dem Krieg nicht zurück nach Nagasaki. 4
Stattdessen heiratete er die Tochter eines Hamburger 5
Kaufmanns und ließ sich mit ihr in der Hafenstadt 6
nieder. 7

Wie um den Schmerz zu beruhigen, legte Frau 8
Caplan sich eine Hand auf den flachen Bauch. Mit der 9
anderen fuhr sie sich durchs kurze Haar. Sie war eine 10
geübte Schülerin asiatischer Bewegungskünste. 11
Schnell hatte sie ihren Atem und damit sich selbst 12
wieder unter Kontrolle. Ihr kleiner, drahtiger Körper 13
zeigte keine Spur der Erregung. Wirkte gespannt, wie 14
eine Sehne. 15

Ihre Mutter sah aus, wie ein Ninja, kurz vor dem 16
Angriff. Der aber nicht folgte. 17

Ich hasse dich für deine ach so streng kontrollierte 18
Selbstbeherrschung, dachte Li wütend. Ihr Körper bebte. 19
Um nicht völlig auszubrechen, ballte sie ihre Hände 20
zu Fäusten. Hielt damit die Energie fest gefangen. 21

»Ich habe es nur gut gemeint, Li. Bitte denk darüber 22
nach.« Mit diesen Worten drehte sich Frau Caplan um 23
und verließ das Zimmer. 24

Zzzzip. 25

55

1   Die Tür, einem *Hanzo* gleich, fiel ins Schloss und
2   zerschnitt die angespannte Atmosphäre. Ließ eine
3   verdatterte Li zurück, die zwischen wütend und
4   geschockter Starre hin und her schwankte. Wie ein
5   Pendel, über einem zu deutenden Zeichen.

6   *Mama, warum zwingst du mir deine Sehnsüchte und*
7   *Träume auf? Was ist mit meinen eigenen Ideen und*
8   *Vorstellungen?*

9   Li verstand die Welt nicht mehr. Der Zeiger rutschte
10   jedoch unaufhaltsam weiter. Sie musste gehen. Ohne
11   Abschied zu nehmen, schlich sie sich aus dem Haus.

12   Nicht jetzt, nicht hier sollte irgendwas belasten.
13   Punkt.

***

14   Li war gerade noch rechtzeitig an der *Roten Flora*
15   angekommen. Zusammen mit ihren beiden
16   Freundinnen stand sie im oberen Trakt des einstigen
17   Theaters.

18   Sprayer hatten sich dort mit Graffitis und ihren
19   Labels an den Wänden verewigt. Die Location hatte
20   sich im Laufe der Jahrzehnte einen ominösen Kultstatus
21   mit zwiespältigem Ruf innerhalb der Hamburger
22   Bevölkerung erworben. Als politisch organisierte
23   Festung gegen Konsummanie und wiederholbare

Handlungsvorschriften, brachte sie schwarz vermummte *Bambule* und brennstoffmäßigen Krawall hervor. Und stand ebenso als Raum für kulturellen Erhalt im Zentrum der City. Somit vereinte sie zwei Fronten einer auseinanderklaffenden Stadt. Und machte Party... manchmal mit Ausschreitungen.

Kichernd unterhielten sich die Mädchen über angesagte Street-Styles.

»... schaut euch mal die neusten Pics auf meiner Site an.«

Tamina, kurz Tami, war eine Bloggerin. Nicht wenige folgten ihren Beiträgen auf Instagram. Die Schülerin war gemeinsam mit ihren Eltern nach Deutschland gekommen. Damals war sie noch ein Baby gewesen. Und in ihrem Heimatland herrschte Krieg. Zwang die Eltern zur Flucht. Von der Hoffnung angetrieben, ihren Kindern eine bessere Lebenschance zu bieten. Was immer vor und auf dem Weg ins neue Leben passiert war, merkte man Tami nicht an. Doch Li und Caissy wussten, sie hatte ihre ältere Schwester verloren. Bruder und Vater hatten dabei zusehen müssen Jamal schrieb noch immer in Aufsätzen über Vergewaltigung und Gewalt. Es war seine Reaktion auf europäische Literatur, die im Deutschunterricht durchgenommen wurde. Er war nicht der Einzige.

1 Doch die Schule konnte oder wollte nicht reagieren.
2 Die Klassiker blieben also. Was nicht weiter schlimm
3 war. Doch während sich die Jugendlichen verändert
4 hatten, waren die Erwartungen an eine adäquate,
5 maßstabsgerechte Interpretation geblieben.

6 Eigentlich war die *Flora* nicht unbedingt die
7 bevorzugte Location der drei Schülerinnen.

8 »Die stehen da nicht gerade auf *Fashion-Victims* wie
9 mich«, hatte die große schwarzhaarige Tami
10 angemerkt.

11 Doch da Li unbedingt hingewollt hatte, war sie
12 natürlich mitgekommen.

13 Tami hielt den beiden Freundinnen ihr Smartphone
14 vor die Nase.

15 »Das sind mega coole Outfits, Tami« Caissy liebte
16 Mode. Und ganz besonders Hüte. Das Bloggen war
17 allerdings nicht so ihr Ding. Sie spielte lieber Gitarre
18 und textete Songs. In diesen zeigte sich ihr irischer
19 Background. Zusammen mit ihren beiden älteren
20 Brüdern, Cailan und Nevin, hatte sie eine Band
21 gegründet. Sie spielten hin und wieder in den
22 szenischen Cafés der Stadt. Oder direkt auf der Straße.

23 »Was sagst du zu den Styles, Li?« Caissy stieß sie
24 an. »Li?»

»Die sucht bloß ihren *Romeo*!« Tami grinste. 1

»Es ist nach Neun«, bemerkte Li abwesend. Ihre 2
Augen scannten den Vorraum unterhalb der Treppe 3
ab. Blieb an einzelnen Gesichtern kleben. Doch Rav 4
war nicht unter ihnen. 5

»Der kommt schon noch!« Caissi, immer 6
optimistisch, lächelte zuversichtlich. 7

»Ich weiß nicht … Ich verstehe sein Verhalten 8
einfach nicht« Li zuckte mit den Schultern. 9

»Verurteile ihn nicht … Wer weiß, was da bei ihm 10
läuft.« 11

»Ihr habt ja recht! Lasst uns feiern!« 12

Gerade als Li einen Blick auf Tamis Insta-Account 13
werfen wollte, entdeckte sie ihn. Und hielt den Atem 14
an. 15

Da stand er. In Jeans, Boots und mit Hut. 16

Rav. 17

Sein Anblick, 18

bringt zum Strahlen, 19

was im Inneren ist. 20

Liebe. 21

Tami und Caissi warfen sich einen Blick zu. 22

1 Ohne noch ein weiteres Wort zu sagen – die beiden
2 Freundinnen wussten ohnehin sofort Bescheid – lief Li
3 Rav auf der Treppe entgegen. *Was mache ich da?*

4 Doch irgendwie übernahm da was Anderes die
5 Führung. In ihr.

***

6 Zur *Roten Flora* war's nicht weit gewesen. Mit dem
7 Bus waren sie in wenigen Minuten auf der *Sternschanze.*
8 Zusammen mit Marcus, dem Sohn seiner Verwandten,
9 betrat Rav das autonome Kulturzentrum. Es war
10 bereits nach Neun. Und er zu spät.

11 *Was mache ich hier bloß?*

12 Doch irgendwie hatte etwas in ihm die Führung
13 übernommen.

14 Die Beats tönten bis auf die Straße. Die *Schanze* war
15 ordentlich belebt – wie eigentlich immer. Die
16 Stimmung schwankte zwischen ausgelassener
17 Partylaune und angespannter Hyperaktivität. Noch
18 hatte sich die Gewitterfront nicht völlig verzogen.
19 Doch über dem Gebäude zeigte sich zwischen den
20 Fronten die volle Mondkugel im delphingrauen
21 Abendhimmel. Die von der Sonne angestrahlte Scheibe
22 erhellte das alternde Haus. Dieses, übersät mit Graffiti
23 und Sprüchen, erhob sich aus dem Alltagskommerz

des Szeneviertels wie ein kindly reminder: *Keine Macht* 1
für niemand, schien es zu sagen. Und allein durch seine 2
Präsenz ein Zeichen des Widerstandes zu setzen. 3

Wow ... das ist ...! 4

Staunend ließ Rav seine Augen über den herunterge- 5
kommenen Charme des alten Theaters wandern. 6

»Die Location ist der Hammer, oder!« Marcus 7
musste schreien, damit Rav ihn überhaupt verstand. 8

Doch Ravs Augen suchten längst etwas ... vielmehr 9
jemand ganz anderes. 10

Gerade wollten die beiden Jungs die Treppe zum 11
Konzertsaal hochsteigen. Da begann Ravs Herz 12
plötzlich lauter zu trommeln, als die Beats es taten. 13

Er schluckte. 14

Da stand sie, am oberen Treppenabsatz. Umringt 15
von zwei anderen Mädchen. 16

Doch Rav hatte bloß Augen für sie. 17

Li. 18

Zwei Buchstaben. 19

Zum Synonym geworden, 20

für das, was fühlt. 21

Liebe. 22

1 Marcus war längst in der Menge der Feiernden
2 untergegangen. Wie ein Perlentaucher in die
3 schwarzblaue Tiefe des Ozeans, war er eingetaucht in
4 die vibrierende Masse tanzender Körper.

5 Und Rav auf sich gestellt.

6 Jetzt galt es zu handeln.

7 Oder doch lieber weglaufen?

8 Zu spät!

9 Li kam ihm bereits entgegen.

***

10 *Bezaubernd ... sieht sie aus.*

11 Rav fehlten die Worte. Waren unnötig. Überhaupt
12 verlor diese ganze blöde Denkerei ihren Sinn. Seine
13 Augen ruhten auf Li.

14 *What took you so long?*, schienen ihre Augen zu
15 fragen.

16 Sein Blick hingegen, so liebevoll. So tief. Verschmolz
17 mit ihrem. Einfach so. Öffnete sich eine andere
18 Dimension. Eine Welt dahinter. Angefüllt voll purer
19 Energie. Tatsächlich übernahm da etwas Anderes die
20 Führung. Lenkte diese Kraft. Bestimmte die
21 Bewegungen.

22 Seine.

Ihre. 1

Schon standen sie einander gegenüber. Schauten 2
sich an. In einer Blase ohne Raum, ohne Zeit. 3

Li hob eine Hand, berührte Rav an seiner Wange. 4

Er fühlte ihre Finger. Zart und weich auf seiner 5
Haut. An seiner Wange. 6

Schon nahm er Li in seine Arme, hielt sie eng 7
umschlungen. Nicht wissend, wie lange dieser 8
Moment andauern würde. Alles, was er sich jemals 9
gewünscht hatte, hielt er in seinen Armen. Umgeben 10
vom Klang der Stille. Und der Möglichkeit, jederzeit 11
zu zerbrechen. Ein bittersüßer Geschmack lag auf 12
seiner Zunge. Er schluckte ihn fort. Wissend, dass sie 13
ihn mit ihrem allerersten Blick direkt im Zentrum 14
seines Herzens getouched hatte. War er willens, mit 15
ihr zu gehen. Weit zu gehen. Wenn nötig, bis über die 16
Grenzen der gestaltbaren Welt hinaus. 17

»I feel for you«, hörte Rav Li auf Englisch flüstern. 18
Es waren mehr, als nur Worte. In ihnen schwang ein 19
Hauch Ewigkeit mit. Er sah's in ihren Augen. 20

»I feel for you«, flüsterte er zurück. Und es gab für 21
ihn nichts Anderes mehr zu tun, als sie noch enger zu 22
halten. 23

1 Ihre Lippen – soft, wie der Flügelschlag eines
2 Schmetterlings. Wild, wie ein Versprechen – berührten
3 seine.

4 Ihren Herzschlag an seiner Brust spürend, schloss
5 Rav seine Augen.

6 Ihr inneres Wesen war überall zu spüren. Ihr
7 Körper umschlungen. Ein sinnlicher Traum wurde
8 wahr. *Every you and every me.* Die Textzeile einer
9 Melodie rauschte durch seinen Kopf. Die äußere Welt
10 versank völlig ins Diffuse, während Rav noch immer
11 den Song in seinem Inneren hörte.

12 Er stand dort, wie verzaubert. Bereit, diesen Kuss
13 mit Li für alle Ewigkeit in seinem Herzen abzuspeichern.

***

14 Der Kuss aber sollte nicht unbeobachtet bleiben.

15 Marcus verfolgte das Geschehen zwischen Rav und
16 Li. Ein Schatten überzog seine kupferfarbigen Augen.
17 Eine Mischung aus Eifersucht und Wut schwang
18 darin. Und noch etwas Anderes. Als begreife er, und
19 könne doch nicht glauben, was er da sah.

20 »Alter, gönn dir das. Die legt der heut noch flach«
21 Steven trat hinzu. Groß und hager. Und mit einem
22 anzüglichen Blick. Breitbeinig, einen Arm auf Marcus

64

Schulter aufgestützt, folgte er dem Blick seines Kumpels.

»Jep, danach sieht's aus«, zischte Marcus. Er war deutlich kleiner als Steven. Und äußerlich weniger auffällig, als der smarte Rav. Seinen Mangel an Humor und Tiefgang, überdeckte der Rothaarige mit einer ordentlich überdrehten Portion „lasst uns froh und munter sein und ordentlich feiern". Er war der geborene Entertainer. Einer, der in Gruppen über sich selbst hinauswuchs und leaden konnte. Man folgte ihm. Auf die coolsten Underground-Partys der Szene.

»Lass mal weiterziehen«, sagte Marcus schließlich.

Steven klopfte ihm auf die Schulter. Gemeinsam verließen sie die *Flora*. Die Clique war in übelst guter Feierlaune. Und mischten sich unters Volk. Auf den Straßen rund um die Bars und Cafés mit ihren Beats war alles auf den Beinen. Und am Feiern.

Nicht alle darunter hatten Gutes im Sinn. Bis die Stimmung kippte, würde es gewiss nicht mehr lange dauern.

***

Sie rannten und lachten und küssten sich. Auf der Allee entlang. Durch den Regen hindurch. So, als gäbe

1 es ihn nicht. Sie hielten sich an den Händen. Konnten
2 nicht voneinander lassen. Schauten einander in die
3 Augen. Klitschnass. Die Klamotten hingen an ihren
4 Leibern. Doch in ihren Herzen schien die Sonne.

5 »Du bist so schön. Ich kann's echt nicht glauben.
6 Dass ich dich wirklich küsse« Rav hielt Li fest.

7 Sie standen einander gegenüber. Der Regen tropfte
8 von ihren Haaren, ihren erhitzten Gesichtern.

9 »Küss mich. Tu's die ganze Nacht« Li lachte,
10 umarmte Rav. »Sollen ruhig alle wissen, wie glücklich
11 du mich machst.« Dann blieb sie stehen, schaute ihn
12 an und sagte: »Mir ist, als kenne ich dich schon mein
13 ganzes Leben. Und sogar darüber hinaus. Dass du
14 hier bist. Ich meine ... Mir ist, als hab' ich nur auf dich
15 gewartet.«

16 Rav erwiderte ihren Blick: »Das geht mir genauso.
17 Irgendwie ergibt alles einen Sinn. Und irgendwie auch
18 nicht. Als wären wir füreinander bestimmt. Und
19 zusammengeführt worden. Nun bin ich hier. Bei dir.
20 Nirgendwo anders will ich mehr sein. Mit dir
21 entschleunigt Die Zeit. Und ich sehe die feinen
22 Unterschiede.«

23 Sie küssten sich eng umschlungen. Was jedoch den
24 Regen nicht hinderte, unnachgiebig weiter zu prasseln.

»Komm« Li zog Rav mit sich. »Meine Mutter ist 1
nicht zuhause. Sie hilft im Flüchtlingsheim und kommt 2
erst spät heim. 3

Rav folgte ihr. 4

Der Wind aber spielte mit seinem Hut. Packte ihn. 5
Und wehte ihn fort. Als wolle er auf diese Weise eine 6
Warnung aussprechen: *Pass auf, was du da tust! Sie ist* 7
nicht deine Liga. Du bist hier nicht willkommen. 8

Li sah's, lief hinterher und fing den alten Hut ein. 9

»Den behalte ich. Dann habe ich dich immer bei 10
mir«, sagte sie und setzte sich den Filzhut auf. 11

»Versprich es mir. Dann will ich ihn dir gerne 12
lassen.« Rav atmete unbemerkt und sichtlich erleichtert 13
aus. 14

»Ich versprech's.« Sie lächelte keck. Und rannte vor 15
ihm davon. 16

Rav grinste bei ihrem Anblick. 17

Ich auch, dachte er. *Alles verspreche ich dir, wenn ich* 18
nur bei dir sein kann. 19

Atemlos kamen sie schließlich vor dem Haus in 20
Ottensen an. 21

Mit klammen, zittrigen Fingern führte Li den 22
Schlüssel ins Schloss. Rav, dicht hinter ihr stehend, 23

1 hauchte Küsse in ihr Haar. Lis Atem, in sanftrauer
2 Aufregung, hob ihre Brust und senkte sie.

3 Endlich war die doofe Tür offen. Sie stürmten die
4 Treppe hoch zum Dachgeschoss. Übermütig, von
5 Küssen überschüttet. In der Wohnung war es dunkel.

6 Li atmete erleichtert aus. Die Mutter war also auch
7 wirklich nicht zuhause. Schnell zog sie Rav in die
8 Wohnung hinein, direkt in ihr Zimmer. Mitten hinein
9 ins Wunderland. Da stand er, wie der Hutmacher.
10 Und schaute sich um. Ein bisschen perplex. Ein
11 bisschen erstaunt.

12 Li reichte ihm ein Handtuch, damit er sich
13 abtrocknen konnte.

14 »… ist ein ziemlicher Märchenwald« Sie zuckte mit
15 den Achseln und lächelte.

16 Er strubbelte durch ihre Haare. »Irgendwie passt
17 du hier rein«

18 Ravs Stimme, dunkel und rau, fing Li ein. »I-ich
19 wollte dir noch was geben« Aus seiner Umhängetasche
20 zog er einen Gegenstand.

21 »Was ist das?«

22 »Shakespeare …! Dein Buch. Hab's gelesen«, sagte
23 er, nicht ohne Stolz.

Li schaute ihn mit großen Augen an. Und strich 1
über das Buch. Klappte es auf. Blätterte darin. 2

»Alles? I-ich meine … Auch meine Notizen?« 3

Rav nickte. 4

»… du bist ja verrückt! Aber warum?« 5

»Na ja…« Er grinste verlegen. »Ich wollte wissen, 6
was dir wichtig ist. Was dich beschäftigt.« Entgegnete 7
Rav. »Woran arbeitest du?« 8

»Texte… Eine Mischung aus Alltagssprache und 9
der alten, lyrischen Melodie. Deshalb Shakespeare … 10
und Goethe.« Sie hielt ihre Augen gesenkt auf das 11
Buch. »Ich meine … I-ich will … Also, mein Traum ist 12
es, nach Amerika zu gehen. Ich will den Sound der 13
Straßen und den Lifestyle der Leute einfangen. Und 14
einfach alles, was ich auf dem Trip durchs Land erlebe. 15
Mixen. Wie ein DJ. Und sehen, was dabei 16
herauskommt.« 17

»… ich verstehe dich!« Rav hielt seinen Blick auf Li 18
gerichtet und strich ihr eine verirrte Strähne aus dem 19
Gesicht. 20

»Wie? Du sagst mir nicht, ich soll lieber erstmal die 21
Schule beenden?« 22

»Nein.« 23

1 »… I-ich muss einfach raus, weißt du? Hier fühlt
2 sich alles so… so eng an. Und ich habe das Gefühl …«

3 »… zu ersticken?!«, ergänzte Rav.

4 »Ja, genau!« Li hob den Kopf.

5 Beide lächelten sich an.

6 Da fiel ein Stück Papier aus dem Buch heraus. Und
7 segelte zu Boden.

8 »Was ist das?« Lis Blick blieb an den von Hand
9 geschriebenen Zeilen hängen. Und las sie vor:

10 *Like a sensual dream.*
11 *Like a precious wine.*
12 *Like a fatal moment in life when love breaks.*
13 *Suddenly.*
14 *So she stood before him.*
15 *like a valuable painting surrounded by the sound of*
16 *silence.*
17 *Her face, soft and tenderly, enlightened by a shining*
18 *candle.*
19 *There, under the archway – she might gonna jump*
20 *into life.*
21 *And all her beautyness,*
22 *the essence of her inner life,*
23 *could be felt everywhere around.*

»Für dich. Dachte, du magst es vielleicht, wenn man dir ein paar Zeilen schreibt«

Wow…!

»Das hast du geschrieben?«

»Ja!«, war die schlichte Antwort.

Schon küssten sie sich.

Behutsam schob Rav Li zum Bett, löschte das Licht und knipste ein paar Lampignons an. Sie zeichneten sanfte Schatten.

Da standen sie, einander gegenüber. Ließen ihre nassen Klamotten fallen. Stück für Stück.

Lis Haut schimmerte samt im diffusen Licht der winzigen Laternen. Ihr Schatten tanzte an der Wand.

Ravs Brust hob und senkte sich. Kein bisschen aufgeregt.

Zum ersten Mal so nah.

Und dennoch wussten beide, was sie taten.

Er wollte es.

Sie wollte es.

Beide ließen es geschehen.

Und hatten alle Zeit der Welt.

1 Zumindest für diesen Augenblick, der nur ihnen
2 gehörte.

***

3 »Du bist so schön.« Rav klang heiser. Seine
4 melodische Stimme füllte das Zimmer mit einem
5 warmen Klang.

6 »Musst du wirklich schon gehen? Der Tag ist doch
7 noch so fern.«

8 Rav lächelte. Verschmitzt. Glücklich. Und ziemlich
9 verwegen. »Erzähl mir jetzt bitte nichts von einer
10 Nachtigall«, neckte er Li und kitzelte sie. »*Die Lerche*
11 *war's, die Tagverkünderin.* Und im Zweifel
12 wahrscheinlich doch eher deine Mutter.«

13 »Ach, ich wünschte du könntest bleiben. Mir ist
14 fast, als würde ich dich nicht wiedersehen.«

15 »Mich wirst du nicht mehr los. Ich bleibe bei dir.
16 Würde es auch für diese Nacht, wenn ich nur dürfte.
17 Und bin doch zum Gehen verdonnert.« Er küsste sie.
18 Lang und sanft. Und ein bisschen fordernd. »Spürst
19 du: Wir reden, wir küssen noch. Ich bin bei dir.
20 Außerdem bin ich nicht *Romeo*! Ich meine … Niemand
21 ist tot. Und keiner zwingt dich zu heiraten, oder?!« Er
22 grinste spitzbübisch.

»Nein, wohl kaum. Kann's trotzdem kaum erwarten, dich wiederzusehen. Zu spüren.«

Rav warf ihr einen Blick zu, der genügend Bestätigung in sich trug. Nur zögerlich löste er sich aus Lis Armen und zog sich an. »Bleib so. Ich will dich in meinen Geist einbrennen. Genauso, wie du jetzt dasitzt.«

Er tat, als würde er ein Bild von ihr machen.

Klick.

»So? Die Haare verwuschelt! Die Wangen gerötet!« Li lächelte, ein bisschen verschmitzt.

»Genauso!«

Klick.

»Leb wohl« Rav seufzte. Und verschwand so schnell wie ein Windhauch durch die Tür. Keine Sekunde hätte er es so angezogen mit ihr aushalten können. Keine Frage: Und ob er bleiben wollte. Natürlich!

»Leb wohl!« Li sank zurück in die Kissen. Sein Geruch klebte noch an ihnen. Sie sog ihn ein. Als würde Rav noch immer neben ihr liegen. So spürte sie noch immer seine Anwesenheit. In ihrem Bett. An ihrem Körper. Auf ihrer Haut.

73

1 *Die graue Stadt, seitab. Rauscht hindurch, dringt ins*
2 *Ohr; grell. Und bleibt doch außen vor. Im Herzen ein*
3 *Wunsch. Die Lider gesenkt, schweift etwas hinaus.*
4 *Stille bleibt; sie schweigt, sie schreit. Wie immer,*
5 *wenn was gegangen ist. Fingerprints auf der Haut,*
6 *in die Seele hinein. Ein Zauber, der sich lächelnd*
7 *windet, bindet. Für alle Zeit, ein Augenblick geraubt,*
8 *der nicht schwindet. Weil etwas übrigbleibt: Liebe,*
9 *im Wind, der mit den Wolken reist. Liebe, im*
10 *Berühren des Moments, zwischen Gestern und*
11 *Morgen. Liebe, im Abendrot. Dort, am Horizont,*
12 *zwischen Hoffen und Sehnen und den festen Glauben*
13 *an die Ewigkeit. Liebe im Vertrauen. Liebe in mir.*
14 *Liebe ... alle Zeit. Ein Gefühl, so mehr, als das Wort*
15 *beschreibt. Darf sein, was sie ist. Magie. Poesie.*
16 *Passion. Und ein Knotenpunkt. Dort, in der*
17 *Quadratur eines Kreises, der uns zusammenhält –*
18 *sprachlos, schweigend, seelenvoll.*

19 »Li? Bist du zuhause?«

20 Puff!

21 Zerplatzt wie eine Seifenblase. Aber nur fast.

22 *Sie ruft mich. Sie ist zuhause. Und Rav dafür fort. Ach*
23 *Glück! Du bittersüßes Glück. Ich werde dich nicht vergessen.*

74

Genauso wenig wie diese Nacht. Mit dir. Ein süßes 1
Geheimnis. Shakespeare is back. 2

Dachte sie und schlief ein, zusammen mit dem 3
Buch in ihren Händen. 4

SCHLICHT: LIEBE

„Ich bin der Geist, der stets verneint! //
Und das mit Recht; denn alles, was entsteht, //
Ist wert, daß es zugrunde geht; //
(Johann Wolfgang von Goethe, Faust I)

Montag, zwei Tage vorher.

Wind und Regen wollten kein Ende nehmen. Der eine, viel zu kurze, Sonnentag wirkte wie eine verblassende Erinnerung an diesem Montagmorgen. Ebenso kurz war auch die Nacht gewesen. Für Li. Nachdem Rav gegangen war.

Schlicht Liebe, hatte sie in ihr Notizbuch geschrieben. Und die Nacht mit Rav darin festgehalten:

Heb mich, dem Himmel nah, die Sterne anzufassen.
Ihr Leuchten in der Stille, lässt auf Wunder hoffen.
Der Lärm verklingt. Für Sekunden hält die Welt den
Atem an. Ihr Pulsschlag ist zu spüren, ihr Drehen

1 *wahrzunehmen. Ein Meer aus Träumen erhellt den*
2 *Raum – aus der Ferne zu bestaunen. Ganz nah und*
3 *doch so weit entfernt, in den Horizont hineingesetzt,*
4 *werfen sie ihre Magie dem Staunenden entgegen. So*
5 *heb mich hoch, dem Himmel nah, die Träume zu*
6 *verwandeln.*

7 Noch immer im Bett liegend, las sich Li ihren Text
8 durch. Ein Lächeln umschmeichelte ihre Lippen. Die
9 weichen Züge ihres Gesichts und der sanfte Glanz in
10 ihren Augen verrieten: Die letzte Nacht war ihre
11 bislang schönste gewesen. Und sollte unvergessen
12 bleiben.

13 Li horchte auf und schaute auf die Uhr.

14 In der Küche klapperte Geschirr. Es war erst sieben.
15 Viel zu früh, um aufzustehen. Die ersten beiden
16 Stunden fielen aus. Dafür war der Nachmittag
17 vollgepackt bis fünf Uhr. Ihre Mutter hingegen startete
18 um kurz vor acht Uhr. Bald würde sie die Wohnung
19 verlassen.

20 Obwohl so voller Leichtigkeit, hatte Li einfach
21 keine Lust auf Schule. Wollte lieber im Bett liegen
22 bleiben. Zusammen mit den Erinnerungen an die
23 vergangene Nacht.

Ich kann ihn noch immer an meiner Haut fühlen, dachte 1
sie und bekam beim Gedanken an Rav eine zarte 2
Gänsehaut. *Wie werden wir uns nachher begegnen?* 3

Die Frage stand im Flur, zusammen mit dem 4
Montagblues. Und ihrer angespannt besorgten Mutter. 5

Frau Caplan verharrte kurz. Das fröhlich blumige 6
Interieur der Wohnung stand im harten Kontrast zu 7
ihrer Stimmung. Und wollte nicht dazu passen. 8

Was hat sie nur? Warum entzieht sie sich? Ich meine es 9
doch nur gut. 10

Das rundliche Gesicht mit den schmalen Lippen 11
spiegelte die Nachdenklichkeit der Grundschullehrerin. 12

Sie soll es doch einmal besser haben, als ich! 13

Alle hatten sie vor der Ehe mit dem smarten, recht 14
unnahbaren Finanzberater gewarnt. Sie aber hatte 15
nicht auf die wohlmeinenden Stimmen hören wollen. 16

Ganz so zurückgezogen war er dann doch nicht ... 17
gewesen, auf seinen vielen Geschäftsreisen! 18

Noch immer war da Groll. Noch immer hatte sie 19
das Gefühl, sich beherrschen zu müssen. Niemals, 20
niemals wieder sollte ihr ein solcher Fehler nochmal 21
unterlaufen. 22

Und genau davor will ich dich bewahren, Julia. 23
Angespannt, aber nicht resolut, straffte Frau Caplan 24

ihre Schultern. *Ich werde es heute noch einmal probieren und mit ihr reden!*, sagte sie sich und verließ die Wohnung.

Zurück blieb nur diese eigentümliche Stimmung. Jene, die sich unbestimmt in dunklen Ecken herumdrückte. Und immer dann zum Vorschein kam, wenn man sie gerade nicht gebrauchen konnte. Sie heftete sich an die Fersen von Lis Turnschuhen, als diese etwas später das Haus verließ, um ins Gymnasium an der Allee zu gehen.

***

Rav war nicht da!

Dafür stand plötzlich etwas ganz Anderes im Raum. Bestimmte das Gesprächsthema an diesem Morgen.

Und das schon seit den frühen Morgenstunden.

»Hast du's gehört?« Tami klang aufgeregt. Ihre dunklen Sichelaugen trugen große Sorge.

Die drei Mädchen trafen sich im Flur. Li hatte das Schulgebäude gerade erst betreten.

Irgendwas stimmt hier nicht. Was ist das nur für eine Stimmung?, hatte sie noch gedacht, als sie die Stufen zum Gebäude genommen hatte.

»Was ist los? Tami, los erzähl ...« Li fühlte sich plötzlich aufgeregt. Unbestimmt. Sie schüttelte Tami.

»Hooligans haben sich zusammengerottet und sind auf Flüchtlinge los. Gestern Nacht. Auf der Schanze.«

»Aufgestachelt durch diese scheiß Hetze, die sich als Alternative tarnt«, ereiferte sich Caissy wütend. Ihre grünen Augen funkelten zornig.

»Die machen mir Angst. Wenn ich durch die Straßen gehe. Besonders nachts. Jamal war zum Glück nicht unterwegs gestern.«

»Tami ... Caissy... jetzt redet endlich! Was ist passiert?«

Caissys wilde rote Lockenpracht wippte hektisch, als diese zu sprechen begann: »Du und dein Raven, ihr wart schon eine ganze Weile verschwunden, als draußen plötzlich diese rechten Vollidioten randaliert haben.«

»Wir haben den Lärm gehört und sind raus auf die Straße«, ergänzte Tami.

»Li ... es war furchtbar. Mülltonnen und ein paar Autos standen in Flammen. Die sind wahllos auf dunkelhaarige Typen losgegangen. Haben getreten, gestoßen, geschlagen.« Caissys Augen waren aufgerissen.

1 »Die Autonomen aus der Flora haben sich das
2 natürlich nicht gefallen lassen und sind rausgestürzt.
3 Vermummt. Durch die Menge gestürmt und auf die
4 Hooligans drauf. Es ging alles so schnell.«

5 »Was? Was um Himmels willen war da los?«

6 »Irgendwann ist die Polizei dann angerückt. Mit
7 Wasserwerfern.«

8 »Die haben uns über die Schanze getrieben. Ich bin
9 gerannt, als ginge es um mein Leben. Hatte Angst, in
10 den Kessel zu geraten.« Tami schüttelte ihren Kopf.
11 »Li, ich hatte eine Scheißangst. Ich dachte, mein Herz
12 springt mir aus der Brust. So heftig hat es geschlagen.«

13 »Ich habe erst wieder geatmet, als wir in der U-Bahn
14 saßen.« Caissy klang noch immer so, als sei sie atemlos.

15 »Damn …« Li fühlte sich schuldbewusst. »Und ich
16 habe von all dem nichts mitbekommen.« Sie starrte
17 auf das Smartphone in ihrer Hand. Flugzeugmodus.
18 Den hatte sie ganz vergessen auszuschalten. »Es tut
19 mir so leid, dass ich nicht bei euch war.«

20 »Bullshit!«, rief Caissy. »Sei froh! Es war die Hölle.
21 Zum Glück nur halb so krass wie bei G20.«.

22 »… aber trotzdem… Als wäre Krieg!«, ergänzte
23 Tami.

24 »Li, da ist noch etwas…«

Oh Oh … das klingt nicht gut! 1

»Was?« 2

Die beiden Mädchen schauten sich beschämt an. 3
Caissy trippelte von einem Fuß auf den anderen. Ihre 4
Docs gaben einen knatschenden Laut auf dem 5
Linoleum. 6

»Redet mit mir! BITTE« Li hielt es kaum noch aus 7
vor Spannung. 8

»Meine Damen, was stehen Sie hier so rum, wie 9
Fausts Gretchen, als würden sie auf männliches Geleit 10
warten! Die Mittagspause ist vorbei. Gehen Sie zurück 11
in Ihre Klassen.« 12

Pater Noster! 13

Die drei zuckten zusammen. Sie hatten ihn gar 14
nicht kommen sehen. 15

Blöder Sexist!, dachte Li empört. 16

»Ach so … Noch etwas«, faselte der Konrektor auf 17
einmal, als habe er ihre Gedanken gehört. »Frau 18
Caplan, falls Sie Ihren neu gewonnenen Freund 19
vermissen. Er wurde heute früh verhaftet. Während 20
dieser sittenlosen Ausschreitungen. Nachdem er wohl 21
ganz offensichtlich einen Ihrer Mitschüler erstochen 22
hat!« Mit diesen Worten drehte sich der Konrektor 23
um. Schon war er in den Gängen verschwunden. In 24

1 jenen, in denen der Muff aus 1.000 Jahren noch immer
2 hing. Seine Schritte halten wie Donnerschläge. Und er
3 bewegte sich, als trüge er einen Talar.

4 Selbstzufrieden lächelte Dr. Wagener. Ganz so, als
5 sei er selbst, wie Goethe schrieb, *ein Teil von jener Kraft,*
6 *die stets das Böse will und stets das Gute schafft.* Süffisant
7 rezitierte er im Stillen aus Faust:

8 *„Ich bin der Geist, der stets verneint! //*
9 *Und das mit Recht; denn alles, was entsteht, //*
10 *Ist wert, daß es zugrunde geht; //*
11 *Drum besser wär's, daß nichts entstünde. //*
12 *So ist denn alles, was ihr Sünde, //*
13 *Zerstörung, kurz, das Böse nennt, //*
14 *Mein eigentliches Element."*

15 Die Angelegenheit mit diesem neuen Fremden an
16 seiner Schule hatte sich ja buchstäblich von selbst
17 gelöst!

18 Zufrieden leckte sich Dr. Wagener über die Lippen.

***

19 Smash.

20 Wie eine Ohrfeige klatschte die Nachricht Li ins
21 Gesicht.

Freund ... Ausschreitungen ... erstochen??? 1

Die Worte drangen zu ihr. Doch der Gehalt verlor 2
sich. Irgendwo im Raum zwischen Da und Dort. Li 3
taumelte. Schaute ihre Freundinnen haltsuchend an. 4

Erstochen von Rav? Dem Rav? Der letzte Nacht noch 5
bei mir war? 6

»Li? Fang dich!« 7

»Das glaube ich nicht. Niemals wäre er dazu in der 8
Lage.« Lis Augen, weit aufgerissen, starrten in die 9
Leere. »Niemals« Sie sprach es, als wollte sie sich 10
selbst überzeugen. Sagte es, als würde sie zu einem 11
Anwesenden sprechen. Einem, der nicht in der 12
gegenständlichen Welt weilte. 13

»Wir wollten es dir sagen. Haben dich versucht zu 14
erreichen. Aber dein Telefon war ausgeschaltet.« 15
Caissy sprach erstaunlich ruhig. Viel zu ruhig. 16
»Scheinbar wurden Unbeteiligte mit in die 17
Straßenschlacht hineingezogen. Li!« Jetzt schrie sie 18
beinah doch leicht hysterisch. »Marcus ... Marcus ist 19
tot. Und wir wussten nicht, was wirklich passiert ist. 20
Wir haben es erst heute Früh erfahren. Es hat sich 21
verbreitet, wie ein Lauffeuer.« 22

»Pater Noster wurde wahrscheinlich durch die 23
Polizei informiert.« Tamis Stimme schwankte 24
zwischen Aufregung und Sorge um ihre Freundin hin 25

1 und her. Aber auch die Erleichterung darüber, dass
2 ihr Bruder, Jamal, gestern nicht unterwegs war,
3 schwang darin mit.

4 »Aber, dass es Raven Montag gewesen sein soll …
5 Ich meine … dein Rav… Es ist …« Caissy brach ab.

6 »W-woher … wissen es alle?«

7 Tami und Caissy warfen sich einen Blick zu. Dann
8 endlich holte Tami ihr Smartphone aus der Tasche.
9 Mit ihren langen, frisch manikürten Fingernägeln
10 tippte sie gekonnt darauf herum.

11 Plötzlich waren Stimmen zu hören. Ein ziemliches
12 Durcheinander.

13 Tami hielt das Display ihres iPhones in Sichtweite.

14 Brennende Mülltonnen, jede Menge Rauch.
15 Randalierer und dazwischen … Rav.

16 Li riss ihre Augen auf.

17 »Oh Gott … «, sie schlug sich die Hand vor den
18 Mund, um nicht laut zu schreien.

19 Rav… in seiner Hand, ein Messer.

20 Rav… über eine auf dem Boden liegende Person
21 gebeugt.

22 Zoom. Direkt auf Rav.

23 Das Entsetzen im Gesicht geschrieben. Wie ein
24 fetter Werbetrailer.

Zoom. Auf die reglose Person am Boden. 1

Marcus! 2

Zoom. Zurück auf Rav. Noch immer mit dem 3
Messer in der Hand. 4

Zoom. Auf die Polizei, die im Anmarsch ist. Und 5
Rav verhaftet. Ihn brutal packt, gegen eine Mauer 6
drückt. Mit dem Gesicht. Handschellen klicken. 7

Cut. 8

Das *Youtube*-Video ging off. Und irgendwas in Li 9
schaltete sich ebenfalls ab. Zerbrach. 10

Klirrr. 11

Wie eine Fensterscheibe, durch die ein Schuss 12
abgefeuert worden war. Einer, der Li direkt traf. 13

Peng. 14

Sie schnappte nach Luft. Was nichts nützte. Hielt 15
sich den Bauch mit der Hand. Dann die Gegend, wo 16
ihr Herz saß. Tränen schossen so schnell in ihre Augen. 17
Sie blinzelte. Taumelte. Öffnete den Mund. Schloss 18
ihn wieder. Schüttelte den Kopf. Hielt ihn sich fest, als 19
würde er sonst runterfallen. 20

»N-nein …« Ein erstickter, klumpiger Schrei 21
entrang sich ihrer Kehle. »NEIN« Einer, der lauter 22
wurde. »N-E-I-N« 23

»Li … bitte, so beruhig dich doch.« 24

Li war jedoch in heller Panik.

Etwas rann durch ihre Hände, unaufhaltsam. Als wäre es Blut, das an ihren Händen klebte. Der Schmerz in ihrer Brust, ausgelöst durch einen direkten Schuss. Er hatte zerschmettert, was nicht mal begonnen hatte.

Li sackte zu Boden. Spuckefäden troffen aus ihrem Mund.

Caissy packte sie.

Doch Li schlug um sich: »N-E-I-N«, schrie sie wiederholt.

Tami traten vor Schreck die Tränen in die Augen.

»Was können wir nur tun?«

»DAS GLAUBE ICH NICHT« Li kreischte. War außer sich. Heulte. Und hieb mit der Faust gegen den Boden.

Umstehende Schüler starrten. Einige filmten.

»Komm hier weg. Li?«

Plötzlich sprang Li auf. Stieß Caissy zur Seite. Und rannte durch den Gang auf den Ausgang zu.

Ihre Schuhe hallten überhaupt nicht. Wie ein Geist rannte Li aus dem Gebäude. Und an ihren Sohlen klebte, wie ein zertretener Kaugummi, noch immer diese seltsame Stimmungswolke.

Jene, mit der an diesem Morgen alles begonnen 1
hatte. Und die sie nicht hatte wahrnehmen wollen. 2
Jetzt war es zu spät. 3

***

Li lief, ohne auf den Weg zu achten. Immer weiter 4
auf der Allee entlang. Die Tränen liefen. So langsam 5
bekam sie Seitenstechen. 6

Die Umgebung tauchte auf, wie Atlantis aus der 7
Versenkung. Autos, Fußgänger zogen an ihr vorbei. 8
Der Wind wirkte indes ein bisschen bösartig. Er trieb 9
ein unfaires Spiel. Blies aus allen Richtungen. 10
Manchmal hauchte er kräftig. Man hätte meinen 11
können, er wolle zeigen, wo es langgeht. Ein bisschen 12
tat er das wohl auch. Denn Li folgte seinem Treiben. 13
Und der unsichtbaren Spur, die er zeichnete. 14

Das ist nicht wahr … Das kann nicht wahr sein. Nicht 15
Rav. 16

Doch das Youtube-Video strafte sie Lügen. Die 17
Bilder stiegen ihr vors innere Auge. Drangen zu ihr 18
vor. Raubten ihr den Atem. 19

Sie stoppte abrupt. Und schaute sich um. 20

Wo bin ich hier gelandet? 21

1 Der Wind hatte sie in einen Park getrieben. Die
2 Grünanlage *Planten un Bloomen* lag in voller Blüte.
3 Doch Li hatte keine Augen dafür. Denn direkt vor ihr
4 erhob sich Hamburgs Stadtgefängnis.

5 Manchmal drangen die Rufe der Insassen über den
6 Park. Oft standen dort abends Frauen mit ihren
7 Kindern am Zaun. Versuchten ein Gespräch, über die
8 Absperrung hinweg.

9 *W-wie ... ist das möglich?*

10 Li starrte perplex. Direkt neben der
11 Strafvollzugsanstalt lagen das Amtsgericht und das
12 Strafjustizgebäude.

13 Zögerlich nahm Li die Treppen, die aus dem Park
14 hinausführten. Ganz langsam schritt sie auf das
15 imposante Gebäude zu. Eine breite Treppenflut führte
16 hinein, ins Gesetz. Durch eine breite Tür hindurch.
17 Ohne Wächter.

18 Nicht so, wie in Kafkas *Vor dem Gesetz*.

19 Lis Brust hob und senkte sich. Vor Aufregung. Und
20 aus Angst. Eine Vorahnung kroch aus ihrem Bauch
21 heraus. Wie ein schwarzer Käfer krabbelte sich das
22 schleichende Gefühl durch ihren Körper. Direkt ins
23 Bewusstsein hinein.

24 Und dann sah sie ihn.

Aufrecht und kerzengerade, stach Rav aus der Gruppe junger Männer hervor. Lis Augen bohrten sich lasergleich in seinen Rücken. Brannten buchstäblich ein Loch hinein. Als er zusammen mit den Anderen die Treppenflut des Gerichtsgebäudes erklomm.

Li schluckte.

Wie ein Fels in der Brandung sieht er aus.

So gerne hätte sie ihm in die Augen geschaut. Wollte wissen, was er fühlte. Ahnte es längst.

Und dennoch…

Bitte, bitte dreh dich um, flehte sie. Ein Beben durchfuhr ihren Körper. Hoffnung und Einsicht mischten sich darin. Er würde es nicht tun. Wusste gewiss längst, dass sie dort am Tor, zwischen Freiheit und Gefängnis, stand.

Er ist um Haltung bemüht. Meinetwegen.

Li fühlte es ganz tief drin. Sie spürte seinen inneren Kampf, als wäre es ihr eigener.

Er kann nicht anders. Er muss sich seinem Schicksal fügen.

Rav drehte sich nicht um.

Wurde schließlich von der großen, breiten Tür verschluckt. Jener, hinter der sich das Gesetz

1 verschanzte. Rav verschwand dahinter. Als wäre er,
2 wie ein kleiner Fisch im großen Becken, von einem
3 Haifisch gefressen worden.

4 Schwups.

5 Schon war er weg.

6 *Ich werde ihn nicht wiedersehen*, schoss es Li in den
7 Sinn. Der keinen ergab. Sie zitterte. Brach fast ganz an
8 Ort und Stelle. Zwar nicht körperlich. Doch im Herzen
9 ganz bestimmt. Denn sehr wohl wusste sie, dass es
10 ihm nicht viel anders ging.

11 Die schwere Holztür schlug krachend ins Schloss,
12 wie ein Fausthieb ins Herz. Und Li fühlte, wie die
13 Taubheit aus ihrem Loch kroch, das Fühlen bestimmte.

14 Dabei wollte sie doch.

15 Langsam, beinah fremdgesteuert, setzte sie sich in
16 Bewegung.

17 *Wohin? Zurück in die Schule… ganz sicher nicht! Und*
18 *ganz sicher auch nicht nach Hause.*

19 Es gab nur einen Ort, einen Menschen, der ihr aus
20 dieser Dumpfheit würde helfen können.

EIN GANZER SOMMER

„So grenzenlos ist meine Huld, die Liebe so tief ja wie das Meer.
Je mehr ich gebe, je mehr hab' ich: Beides ist unendlich."
(William Shakespeare, Romeo und Julia)

Dienstag, ein Tag vorher.

Man hatte ihn freigelassen.

Endlich!

Weil er unschuldig war, an dem Scheiß. Mit Marcus. Und überhaupt.

Marcus…!

Rav lief die Allee entlang. Es dämmerte bereits. Er wollte zu Li.

Li!

Seine Li. Die wahrscheinlich längst von den Ereignissen gehört hatte.

Scheiße … sie wird mich für einen Mörder halten!, dachte Rav wütend und panisch. *Und warum? Wegen dieses beschissenen Videos! Ich bin echt lost!*

1 Noch immer konnte er die Ereignisse der letzten
2 Stunden nicht wirklich einordnen.

3 *Die Nacht mit Li… Wie lange ist das her? Nicht mal*
4 *einen Tag!*

5 Ravs Herz schlug mächtig bei dem Gedanken an
6 diese Nacht.

7 Wusch!

8 Doch darüber lag ein Schatten. Ein überaus dunkler,
9 tiefschwarzer Schatten.

10 Tod!

11 Marcus!

12 Rav ballte die Fäuste.

13 *Liebe und Tod. So nah zusammen.*

14 *Ich begreife es nicht. Schon wieder …*

15 *Cut!*

16 Dabei war er so glücklich gewesen, auf dem Weg
17 nach Hause. Er wollte doch nur Marcus abholen. Dann
18 war er plötzlich mitten in diese Straßenschlacht
19 geraten. Der Wahnsinn hatte getobt, wo zuvor noch
20 gefeiert worden war.

21 *Brennende Mülltonnen … Wasserwerfer … und eine*
22 *Schlägerei … gegen das Fremde, das Andere!*

23 Auch Marcus war hineingeraten. Jemand hatte ihm
24 ein Messer in den Bauch gerammt.

Irgendjemand! 1

Auch ein Fremder. Ein Anderer. 2

Und ich war zu spät. Konnte ihm nicht helfen. Dabei 3
wollte ich doch bloß. 4

Ravs Gesicht verdunkelte sich. Wieder einmal hatte 5
er sich fassungslos hilflos gefühlt, beim Anblick eines 6
Toten. Irr geworden vor Wut und Zorn, hatte er das 7
Messer aus der Wunde herausgezogen. 8

Eine völlig schwachsinnige Tat. Ich Narr wollte Rache. 9

Doch die Polizei war schneller. Und er ... ein 10
unschuldig Verurteilter. 11

Ein Irrtum! 12

Zeugen hatten ihn entlastet. Aber das Video ...! 13

Wenn Li das Video sieht...! Bitte, bitte lass sie es noch 14
nicht gesehen haben! Erst die Nacht und dann das. 15

Wie in Trance rannte er die Allee entlang. Hoffte, 16
ihre Wohnung zu finden. Musste sich auf seinen 17
Instinkt verlassen. 18

Die einsetzende Nacht schluckte ihn wie eine 19
bittere Medizin gegen eine teuflische Krankheit. Er 20
wirkte wie ein Schatten, der sich selbst überholen 21
wollte. 22

***

1 »Raven? Raven bist du das?«

2 Eine aufgeregte, beinah hysterische Mädchenstimme
3 holte Rav zurück aus seinem Gedankenbrei. Er stand
4 auf der Wiese des *Hafenbalkons*. War sich sicher
5 gewesen, Li dort zu finden. Wie schon einmal, tags
6 zuvor.

7 Hatte sich jedoch geirrt.

8 *Was passiert hier gerade?*, dachte er entsetzt. Und
9 wurde den entsetzten Ausdruck in den Augen von Lis
10 Mutter einfach nicht los.

11 *Voll panisch sah die aus!*

12 »Nein, sie ist nicht zuhause. Ich bin in Sorge. Ihre
13 Freundinnen wissen auch nicht, wo sie ist. Ich weiß
14 nicht, was passiert ist. Niemand sagt mir was! Sie ist
15 aus der Schule weggelaufen. Ich bitte Sie eindringlich.
16 Versprechen Sie, dass Sie meine Tochter finden und
17 heil nach Hause bringen. Bitte.«, hatte sie gesagt. Und
18 völlig flehentlich geschaut.

19 Das hatte sich in sein Gedächtnis gebrannt. Sie
20 hatte ausgesehen wie…

21 *Cut!*

22 »Raven?« Die Stimme des Mädchens bekam ein
23 Gesicht. Ein bekanntes. Sie zog Rav am Arm. »Du bist
24 es tatsächlich«! Erleichterung schwang in den wachen

grünen Augen, die völlig aufgelöst und entsetzt blickten.

Wer ist das?

Das Mädchen war aufgetaucht, als habe eine Nebelbank sie ausgespuckt.

Plopp.

In der Dunkelheit konnte Rav kaum etwas erkennen. Außerdem war er viel zu sehr in Gedanken gewesen. Doch die fielen augenblicks auf die Straße, wie schwere Pflastersteine.

»Wer bist du?«, fragte er gedehnt. So, als suche er nach den richtigen Begriffen in der ihm doch noch immer fremden Sprache. Rav kniff die Augen zusammen, um besser erkennen zu können.

Woher kannte er die pummelige, pausbackige Rothaarige mit dem sommersprossigen Koboldgesicht bloß? Sie sah aus wie der Hutmacher aus dem Film *Alice im Wunderland.* Ein bisschen crazy, ein bisschen durchgeknallt.

Dann dämmerte es Rav.

»Du bist Lis Freundin!«

Die große, schlanke Schwarzhaarige trat nun auch dazu und nickte unterkühlt.

97

1 Rav hatte sie zusammen mit Li in der *Flora* gesehen.
2 Er erinnerte sich.

3 »Was machst du hier?« Die Schwarzhaarige klang
4 vorwurfsvoll, angriffslustig. Sie baute sich vor ihm
5 auf, wie ein Soldat auf Wache.

6 *Gleich schießt sie mir eine!*

7 Rav begriff überhaupt nicht, was los war.

8 »Ich suche Li! Was ist gestern Morgen in der Schule
9 passiert. Ich war bei Lis Mutter.« Rav versuchte ruhig
10 zu klingen. Doch er war wütend. Und in Sorge. Und
11 hatte alle Mühe, sich zu beherrschen.

12 *Beruhig dich*, sagte er zu sich. *Die beiden können nichts*
13 *für den ganzen Scheißdreck.*

14 Und dennoch…!

15 »Sie hat das Video gesehen!«, kreischte die
16 Rothaarige und hielt Rav an beiden Armen fest.

17 »Mörder!«, zischte die andere böse. Jetzt ähnelte sie
18 ein bisschen *Medusa*. Gleich würden sich ihre
19 schwarzen langen Haare zu Schlangen wandeln und
20 ihn totbeißen.

21 *Wenn mich nicht vorher dieser ätzende Laserblick killt!*

22 »Hört jetzt auf mit dem Scheiß! WO IST LI«? Rav
23 sprach es laut. Und sehr deutlich aus. Seine geladene

Energie mischte sich in diesen Satz. Er hatte die Schnauze gehörig voll.

Die Mädchen zuckten zurück.

»… am Strand. Ein Freund hat mir Bilder gemailt. Wir sind auf dem Weg dorthin. Wir wollen sie holen.«

Endlich war die Schwarzhaarige redebereit. Rav nickte erleichtert.

»Los! Wir müssen sofort dahin. Zeigt mir den verdammten Weg. Und vergesst endlich dieses Scheiß Video. Es war ein verdammter Fake. Ein scheiß Irrtum. Kapiert's endlich! Sonst wäre ich jetzt wohl kaum hier!«, befahl Rav energisch und zog die Mädchen hinter sich her.

Wann hört dieser ganze Mist endlich auf! Ich bin wirklich ein verdammter Narr des Scheißschicksals!

***

Der Apotheker, ein mehr als bekannter, übelst dubioser Drogendealer. Zu dem Gebiet des Studienabbrechers gehörte der Strand an der *Elbe*. Er verkaufte nur dort. Selbstgezüchtete Pilze und angepflanztes Gras. Das war sein Markenzeichen. Damit verdiente er recht ordentlich. Und gab sogar Schulungen. Man kannte ihn. Und trotzdem war er

1   wie ein Schatten. Einer, der überall und nirgends lebte.
2   Aber ganz besonders unter den Brücken der Stadt. Ein
3   selbst gewähltes Schicksal.

***

4   Stoßweise atmend, zuckte ihr Körper. Ihre
5   blicklosen Augen schauten in die Leere. Das Gesicht
6   so bleich, wie ein Leichentuch. Weißer Schaum trat
7   aus ihrem Mund.

8   »So tu doch was, Rav«

9   Die hysterische Mädchenstimme verlor sich wie im
10   Nebel.

11   Mit einem letzten kraftvollen Schlag drückte sich
12   ihr Herz gegen die Brust.

13   Wum.

14   Schon wurde sie von der Dunkelheit verschluckt.
15   Jetzt kam der Tod.

16   Also doch.

17   *„O wackrer Apotheker! Dein Trank wirkt schnell.*

18   *– Und so im Kusse sterb' ich"*

***

19   Der Regen hatte längst aufgehört. Überhaupt war
20   es plötzlich ganz still. Bloß das sanfte Rauschen des

Wassers war zu hören. Und die üblichen Geräusche 1
des Hafens. Für den Moment jedenfalls sah es so aus, 2
als wolle selbst der Wind schweigen. 3

Sie waren am Strand angekommen. 4

Endlich! 5

Und doch zu spät. 6

»Rav … Rav … sag etwas« Caissys hysterische 7
Stimme hallte über den *Elbstrand* hinweg. 8

»Was hat sie genommen?« Ravs Stimme – rau 9
belegt – holte Caissy zurück auf den Boden. In die 10
Realität der Tatsachen hinein. 11

Tami saß an einer Steinmauer gelehnt. Sie wimmerte 12
leise vor sich hin. Sah aus in ihrer Cargojacke wie ein 13
Überlebenskämpfer, der nicht wusste, wie man das 14
Survival-Kit benutzt. Hilflos und total panisch. Kurz 15
vorm Ausrasten. Die Augen rotgerändert. Vom 16
Heulen. Dabei wollte sie. Und konnte nicht. 17

Eine gespenstige Stimmung lag über dem Strand. 18
Das Licht des Vollmonds tat das Übrige. Die Wolken 19
waren aufgebrochen. Die abnehmende Kugel drückte 20
sich daraus hervor. Ein bisschen neugierig. Ähnlich 21
den paar Gaffern, die das Filmen der Szene nicht 22
lassen konnten. 23

»Pilze ... Mehr hab ich aus dem *Apotheker* nicht herauszubekommen«, kreischte Caissy. Und fühlte sich, wie eine Seiltänzerin. Ohne Netz. Und doppelten Boden.

Der Apotheker hasste es nun mal, wenn man ihn antextete.

Pilze...! Wer weiß, was das für ein Scheiß-Zeug war! Rav versuchte sich zu konzentrieren. Doch die Masse der Gaffenden stresste ihn. Machte ihn nervös. Und noch etwas Anderes ...

Cut!

»Haut ab. Gibt hier nix zu sehen«, schnauzte Rav die unnützen Glotzer an. »Und hört mit dieser scheiß Filmerei auf«

Saublöde Freaks ... jetzt reicht's mir aber!

Bis eben noch am Boden neben Li kniend, sprang er ganz plötzlich auf. Wie von einem giftigen Insekt gestochen. In Windeseile nahm er einen herumliegenden Ast und schleuderte in den Filmenden entgegen. »Los ... verpisst euch!« Seine kohlrabenschwarzen Augen blitzten böse.

»Alter ... Chill ma dein Leben!«, rief einer.

Das Grüppchen verzog sich. Jedoch nur sehr langsam.

»Scheiß Opfer!« 1

Rav trat mit voller Wucht in den Sand. Dieser stob 2
auf. 3

Sein Gesicht wirkte starr. Der Kiefer mahlte. Er 4
hatte die Hände zu Fäusten geballt. Wie ein Tier, 5
angriffsbereit, stand er da. Bereit aus der Höhle zu 6
springen. Angst und Sorge mischten sich in seinem 7
Blick. 8

Langsam drehte er sich wieder um. 9

Caissy saß neben Li auf dem Boden. Hielt die Hand 10
ihrer Freundin. 11

»Rav... sie atmet nur noch ganz schwach. Wir 12
müssen sie in ein Krankenhaus bringen.« Tränen liefen 13
Caissy übers Gesicht. Unaufhörlich. Sie schluchzte. 14

»Wie konnte das nur passieren? Warum hat sie uns 15
nicht angerufen?«, wimmerte Tami. Sie glich immer 16
mehr einem Häufchen Elend. 17

Nachdem sie weder zurück zur Schule, noch 18
zuhause angekommen war, hatten sich die beiden 19
Freundinnen Sorgen gemacht. Und endlich Lis Mutter 20
angerufen, die auch total neben der Spur war. 21

»Li ist die ganze Nacht nicht nach Hause 22
gekommen.«, hatte sie völlig aufgelöst, fast hysterisch 23
ins Telefon gerufen. »Ein Klassenkamerad war auch 24

1 schon hier und sucht nach ihr! Tami, was um alles in
2 der Welt ist passiert?«

3 Tami hatte keine Antwort gehabt.

4 Und dann kam die *WhatsApp* von einem Bekannten
5 aus der Blogger-Szene. Oder vielmehr eine ganze Serie
6 von Bildern.

7 Bling.
8 *Tami, schau mal, deine Freundin...*
9 Bling. Ein Foto folgte.
10 Li am Strand. Voll zu gedröhnt. Total drauf,
11 extrem übernächtigt und völlig am Abdrehen.
12 Tanzend! Oder sowas.
13 Bling.
14 *Das is doch die mit dem krass coolen Boyfriend-Style*
15 *und dem Notizbuch... *Sonnenbrillen-Smiley**
16 Bling. Ein weiteres Foto.
17 Li verheult und lachend zugleich, sich im Kreis
18 drehend.
19 *... die, die ständig irgendwas aufschreibt... *Nerd-*
20 *Smiley**
21 Bling. Bling. Bling. Es folgte eine ganze Serie.
22 Li mit starren, rot geränderten Augen, irgendwas
23 redend. Scheinbar zu imaginierten Wesen!

... die is hier grad am Strand *Kopfüber-Smiley*. 1
Hat wohl ein bisschen zu viel intus... *Zwinker- 2
Smiley* Schau mal nach ihr! Cedric *Kuss-Smiley* 3

Tami schüttelte ungläubig den Kopf. Sie konnte es 4
einfach nicht glauben. 5

Zum Glück hat uns Cedrics Nachricht hierhergeführt. 6

Aber ... 7

Li? Und Drogen? Sie nimmt doch keine Drogen...! 8

Doch als sie am Strand ankamen, hatte Li 9
dagesessen, im Sand. Wie ein Gespenst. Angsterfüllt 10
in die Leere gestarrt. Die Augen weit aufgerissen. Als 11
wären böse Geister und Dämonen hinter ihr her. 12

Und dann war sie zusammengebrochen. 13

Tami wimmerte, während Caissy sie schweigend 14
über den Strand schob: 15

Li ... bitte, bitte. Stirb uns nicht!, dachten beide 16
angsterfüllt. 17

DIE REISE DES WINDES

*"Da ließ der Rabe plötzlich den letzten Funken Licht fallen.
Wie Tropfen perlte es und zersprang in abertausend kleinere
Tröpfchen. Sie fanden schließlich ihren Weg zum Himmel
und erstrahlten diesen. So entstanden Mond und Sterne
auf diese Weise. Sie verliehen auch der dunkelsten
Nacht das schönste Licht."*
(Wie das Licht entstand - Mythologie der
Nordamerikanischen Indianer)

Irgendwo am Elbstrand.

Da lagen sie, unter einem Baum am Strand, die Körper der beiden Liebenden. Wie von *Klimt* gezeichnet. Eng umschlungen. Sie hatten die Augen geschlossen. Sahen aus, als würden sie bloß schlafen. Ein ganzer Sommer, erlebt an nur einem Tag. So fühlte es sich an, wenn wahre Liebe am Wirken war. Ein herbes Los, das beide teilte. Denn wo Licht war, am Ende immer auch ein Schatten weilte.

1 Zumindest so lange, bis das Strahlen des Lichts
2 weit über das Sichtbare hinausreichte. Und so die
3 letzten dunklen Stellen verwandelte. Doch dafür
4 brauchte es eine Reise. Eine, die dorthin führte, wo
5 das Licht selbst zuhause war.

6 In die Heimat der geistigen Ahnen.

7 »Wenn du den Rand deiner Welt erreicht hast,
8 beginnt unsere«, flüsterte es in Rav.

9 Er begriff. Wusste ganz plötzlich, was er zu tun
10 hatte.

11 »Möge die Reise des Windes beginnen«, sprach er
12 ganz leise und versenkte seinen Geist tief in eine
13 andere Zeit hinein. »Ich bin bereit. Hab keine Angst
14 mehr. Li, ich bin bei dir. Lass dich nicht allein. Háws
15 dang hl king saang«, fügte Rav in der alten Sprach der
16 *Haida* hinzu.

17 Und dann kamen die Bilder. Tauchten auf, wie von
18 einer Handkamera gefilmt.

***

19 »Rav … Raven. Aufstehen … du Schlafmütze.«

20 Eine Hand fuhr durch seine Haare. Liebevoll. Und
21 zerwuschelte sie.

22 Rav wollte sich umdrehen.

Doch die weibliche Silhouette verlor sich. Jene, die zu der Stimme gehörte. Genau wie das Lächeln. Und die Mandelbraunen Augen.

Sie trugen Schmerz. Pein. Und noch etwas Anderes. Wie ein Hilferuf. Und wurden verschluckt von einer Wand aus dunkelgrauem Nebel.

Die Hand aber blieb. Noch eine kleine Weile.

Rav wollte danach greifen. Griff jedoch ins Leere.

Und die Taubheit setzte ein. Die, die aus den Trümmern einer vergessenen Zeit bestand. Eine schwarze Aschewolke, die alles Fühlen schluckte. Genau wie den Atem.

Wenn im Leben ein Wendepunkt erreicht ist, spürt man es genau.

Da war er, dieser Moment. Unaufhaltsam. Ging er mit einem Gefühl von Schuld einher. Hand in Hand. Ließ keinen Platz. Weder für ihn, Rav. Noch für das, was eigentlich hätte folgen sollen. Auf den Schmerz. Den unmittelbaren.

Jenen, der aushöhlte. Als würde man ein Messer in ein Brötchen stecken. Es in zwei Hälften teilen. Und das Innere herausnehmen. Ausnehmen. Wie einen Fisch. Der noch eine Weile mit der Flosse hin und her schlug. Bevor er verging. Während seine Kiemen verzweifelt nach Luft rangen.

1 Am falschen Ort. Zur falschen Zeit.

2 Genau wie sie.

***

3 Es war ein Sonntag. Im September. Ein besonders
4 sonniger dazu. Rav war auf dem Boot. Zusammen mit
5 seinem Großvater. Sie fuhren auf dem *Inlet* von *Langara*
6 zurück nach *Massett*. Vorbei an dichten Wäldern, die
7 noch keinen menschlichen Tritt erlebt hatten. Die
8 Sonne tanzte auf dem Wasser, hinterließ glitzernde
9 Spuren. Weit und breit war niemand in Sicht. Die Stille
10 hatte ihre eigene Stimme. In diesem Land. Sie erzählte
11 von den alten Tagen, als die *Haida* den Steinformationen
12 Namen gegeben hatten. Um sich zu orientieren, auf
13 dem Wasser. Und sie sprach über das Leben der
14 Fischer, die tagtäglich mit ihren Booten hinausfuhren.

15 Genau wie er und Grandpa es oft taten. Nicht oft
16 genug, wie Rav fand.

17 »Grandpa, erzähl mir die Geschichte vom Raben.
18 Und wie er das Licht auf die Welt brachte«

19 Der großgewachsene, schlanke Mann mit den
20 gütigen Augen und dem schon recht kahlen Schädel
21 lächelte.

»Die Geschichte kennst du doch längst auswendig«, sprach er im gutmütigen Tonfall.

Sein Blick blieb auf die Weite des Gewässers gerichtet, als der 57jährige schließlich das Erzählen begann. In seiner Muttersprache. Ein kulturelles Erbe seines Ursprungs, das er an seinen Enkel weitergeben wollte. Das war ihm wichtig.

Vielleicht geht der Junge eines Tages nach Deutschland. So hat er alle Möglichkeiten offen.

Und, obwohl er ein Deutscher war, hatte man ihn längst als einen *Native* anerkannt. In den 1970ern nach Nordamerika gereist, war er nicht zurückgekehrt. Nach Hamburg.

Dort hatten den Studenten allzu engstirnige Erwartungen erwartet: Jura-Studium, Heirat und das Eröffnen einer eigenen Kanzlei. Stattdessen war er nach Kanada „geflüchtet". Hatte sich in eine *Native* verliebt. Und war geblieben. Als Fischer und Handwerkskünstler.

Diesen Schritt hatte er nie bereut. Auch, wenn es einiges an Entbehrungen bedeutete.

Was braucht man schon, um glücklich zu sein?

Rav lauschte seinem Grandpa, sehr aufmerksam. Das tat er immer, wenn die *Alten* sprachen.

1 Und die Fahrt verging für den 11jährigen wie im
2 Flug.

***

3 Das etwas nicht stimmte, spürten Großvater und
4 Enkelsohn, als sie im Hafen des kleinen, verschlafenen
5 Städtchens einliefen. Man spürte es. Etwas lag in der
6 Luft. Die Atmosphäre wirkte aufgeladen. Auf sehr
7 eigentümliche Weise. Durchdrungen, von einer
8 seltsamen Stimmung. Eine, die nicht greifbar war.
9 Und zwischen Erregung und Unvermeidlichkeit
10 schwankte.

11 Und einem Gefühl, das selbst der hochsensible Rav
12 nicht einordnen konnte.

13 Er wurde nervös. Ohne zu begreifen, warum.

14 »Grandpa …«, rief er, als der Wagen der
15 Stammespolizei an den Pier fuhr.

16 Der Ältere warf einen Blick.

17 »Warte hier«, sprach er zu Rav. Und lief auf den
18 Wagen zu. Langsam und von geduldiger Erwartung
19 getragen.

20 Rav ließ seinen Großvater nicht aus den Augen.
21 Auch nicht, als er das Boot festmachte.

Sein Grandpa wirkte gefasst. Groß, wie er war, 1
überragte er John White, den Stammespolizisten. Wie 2
ein Baum. 3

Der jedoch plötzlich in sich zusammenbrach. Ganz 4
so, als habe man ihn in der Mitte durchgesägt. 5

»Oh mein Gott… «, rief er aus. Auf Deutsch. Und 6
raufte sich die Haare. 7

Dann schaute er zu Rav. 8

Trauer. Verzweiflung. Und etwas sehr Böses 9
flammte in seinen Augen auf. 10

In diesem Moment wusste Rav: Seine Welt würde 11
niemals mehr dieselbe sein. 12

Nie wieder. 13

***

Ihre Leiche wurde 20 Meilen entfernt auf einem 14
Berg gefunden. Geschändet. Geschlagen. Erwürgt. 15
Niemand wurde in diesem Fall je festgenommen. 16

Und seine Mutter, seine Ma, blieb tot. 17

Zum Freiwild erklärt. Zu Tode vergewaltigt. Im 18
eigenen Blut ertrunken. Am Erbrochenen erstickt. 19
Vom Gesetz verlassen. Auf dem Heimweg von 20
Verwandten. Auf dem *Highway der Tränen*, nahe Prince 21

1 Ruppert. Dort, wo auch die Anlegestelle der Fähre
2 war, die zur Insel führte.

3 Die Straße trug nicht ohne Grund diesen Namen.

4 Seine Ma, wie viele Frauen der Ureinwohner, war
5 einem Verbrechen zum Opfer gefallen. Einem, das
6 sozial akzeptiert war.

7 Zahllose rote Tücher, am *Highway der Tränen*. Sie
8 wehten, als unübersehbares Zeichen des Widerstandes.

9 Doch der Staat hielt sich zurück. Auch in diesem
10 Fall.

11 Jenem Fall, dem seine Ma zum Opfer fiel.

12 Die Frage nach dem Warum blieb unbeantwortet.
13 An ihre Stelle trat eine dumpfe Leere, die alles
14 Lebendige verzehrte. Wie einen festlichen Schmaus.
15 Bloß ohne Genuss.

16 Aber mit einer schlingenden Härte, die mit voller
17 Wucht zermalmte.

18 Smash.

19 Und aus der Bahn haute.

20 Im Reservat herrschte Trauer. Und Frust. Und ein
21 Gefühl der Resignation. Weil weder die Stammespolizei
22 noch die Bundesbehörden mit der nötigen Dringlichkeit
23 oder Gründlichkeit an den Fall gingen.

»Es läuft auf Rassismus hinaus«, flüsterten die 1
Älteren. »Der Regierung sind wir scheißegal« 2

Aber Rav, Rav war es nicht scheißegal. 3

Sie war seine Ma. 4

Gerade mal 37 Jahre. 5

Nie wieder würde er ihr Lachen hören. Nie wieder 6
ihre Stimme. Ihre Hand in seinen Haaren fühlen. 7

Nie wieder. 8

Eine Klappe fiel. Für immer. Und beendete ein 9
Kapitel in seinem Leben. Mit der Wucht eines 10
Tornados. Und der Schwere eines Panzers, der ihn 11
erdrückte. Einfach so. Und ihm damit ebenso das 12
Leben nahm. 13

Zumindest das Geistige. Körperlich blieb er 14
unversehrt. Und musste funktionieren. 15

Tag ein. Tag aus. 16

Einatmen. Ausatmen. 17

Verdrängen. Was nicht zu überwinden war. 18

Noch zu verzeihen. 19

Aber damit auch unverarbeitet. 20

***

Der Schmerz kam in Wellen. Es überraschte ihn kaum. Sechs lange Jahre hatte Rav ihn tief in sich hineingestaucht. Gestopft. Zugeschnürt. In die hinterste Ecke seiner Seele abgestellt. Dort, wo es ganz besonders Dunkel war.

Und einen hartkantigen Schnitt gemacht.

Damals. 2011.

Jetzt liefen sie, die nicht geweinten Tränen.

»Mama, bitte geh nicht«, hatte er sagen wollen.

Doch ohne Lebwohl war sie aus seinem Leben verschwunden. Er war sauer. Wollte es nicht sein. Fühlte sich schuldig. Weil er ihr nicht helfen konnte. Hatte Angst vor dem Alleinsein. Und einem Leben ohne sie.

»Es geht vorbei«, hatte Gran gesagt. Und recht behalten.

Denn irgendwann kommt der Moment, in dem man realisiert: Es ist vorbei. Für immer. Und wird nie wieder dasselbe sein. Das heißt aber nicht, dass man losgelassen hat. Es ist bloß die Erkenntnis des Unvermeidlichen. Durch sie blickt man hindurch. Auf ein Trümmerfeld. Ohne Ausweg.

Rav schluckte.

Plötzlich passiert es. Du schaust dich um. Und realisierst, 1
dass alles um dich herum so geblieben ist, wie es war. Bloß 2
du selbst hast dich verändert. Nicht äußerlich. Nur in dir 3
drin. Ist was hart geworden. Und du willst nicht sein, wie 4
die, die vor dem Grab stehen und weinen. Du willst nicht 5
sein, wie die anderen. Du willst wie niemand auf der ganzen 6
beschissenen Welt sein. Nicht mal du selbst, willst du sein. 7
Da willst du raus. Aus dir. Abhauen. Für den Rest deines 8
abgefuckten Lebens. Und dann beginnst du zu laufen. Und 9
drehst dich doch bloß im Kreis. 10

Es war der einsamste Augenblick seines Lebens. 11
Gegründet auf einem Paradoxon aus Schmerz. Und 12
Erleichterung über denselben. 13

Rav hielt Li in seinem Armen. Er zitterte. Ob aus 14
Angst. Oder über den Verlust. Das konnte er selbst 15
nicht sagen. Nur eines wusste er: 16

Und dann passiert plötzlich wieder etwas in deinem 17
Leben. Irgendwas setzt sich, oder vielmehr dich, in 18
Bewegung. Und mit einem Mal weißt du, dass sich die 19
Dinge abermals ändern. Es längst getan haben. Noch bevor 20
du den Schritt denkst. Du spürst es. In dem Moment, wenn 21
es geschieht. 22

Zaghaft streichelte er Li über die Haare. Und hielt 23
ihre Hand. Er war nun wieder voll und ganz am 24
Strand. Und seine Aufmerksamkeit bei ihr. 25

1 »Mum… jetzt ist der Augenblick, dir zu sagen, was
2 ich dir bisher nicht sagen konnte. Über mich. Auch,
3 wenn du mich nicht hören kannst. Wer weiß, vielleicht
4 geht der Schmerz dann in Flammen auf. Wenn ich
5 rede. Oder auf die Reise, mit dem Wind. Und endlich
6 aus mir raus. Ich wollte weiterkommen. Ohne
7 loszulassen, was mich festhielt. Habe mich an die
8 Erinnerung geklammert. Aus Angst, sie verschwindet
9 aus meinem Leben. Ohne Spuren zu hinterlassen.
10 Dabei wollte ich doch vergessen. Und habe Scheiße
11 gebaut. War halb da, halb dort. Aber nie ganz im Hier.
12 Konnte ihr nicht verzeihen. Und mir. Habe auf
13 Schienen gelebt, ohne vorwärts zu kommen. Dabei
14 besteht doch das Geheimnis des Lebens darin, inne zu
15 halten. Hinzusehen. Da zu sein. Im Hier und Jetzt. In
16 einer Nähe, die dem Unscharfen eine Kontur verleiht.
17 Und so das Wunder geschehen lässt. Eines, das schon
18 viel, viel früher begonnen hat. Sich aber erst dann
19 zeigt, wenn alle Zweifel beseitigt sind. Li … Ich liebe
20 dich.«

21 Rav hauchte einen Kuss auf ihre Stirn.

22 Ihr Atem ging sanft. Ihr Herz hatte sich beruhigt.
23 Sie schlief. Und Rav hielt sie einfach weiter in seinen
24 Armen. Das Rauschen der Elbe war zu hören. Sonst
25 war es ganz still. Der Wind sprach leise durch die Äste
26 der Bäume. Über ihm.

»Es ist ok«, flüsterte es in ihm. »Es ist ok«   1

Und plötzlich spürte er einen Ruck durch sich   2
hindurchgehen. Da ließ Rav einfach los.   3

Und tatsächlich: Der Wind nahm den Schmerz mit   4
auf die Reise. Rav schaute lange hinterher. Bis auch   5
ihm die Augen zufielen. Und er einschlief.

6

***

DANKSAGUNG

Ein ganz herzliches Danke schön geht an Daniel Autenrieth – guter Freund und Projektpartner (*evil & professional*) für seine kreativen Tipps, hilfreichen Ratschläge und seine unsagbar tolle Unterstützung bei diesem Buchprojekt – wie ebenso bei allen gemeinsamen Projekten.

Danken möchte ich ferner zwei sehr lieben Freundinnen, die mir mit Tipps und kreativen Ratschlägen zur Seite standen sowie meiner Lektorin, Gabriele Eyme.